НА ПРИКОЛЕ С «МОРСКИМ КОТИКОМ»

ГРУППА КОММАНДОС

AMY GAMET

Переводчик
PAVEL KOZLOV

Подпишитесь на рассылку информации о творчестве Эми Гамет

1

ГЛАВА 1

С лица мужчины градом катился пот, пока он пытался вспомнить устройство бомбы. Он опустился на колени рядом с ней в темной комнате. Его руки двигались машинально, пока он пытался примирить свои чувства с убеждениями, которыми он дорожил большую часть своей жизни.

Это он заложил сюда эту бомбу пять дней назад. Он помнил ту радость и гордость, которые охватили его, когда таймер начал обратный отсчет. Это придавало его жизни смысл. Он делал великое дело.

Он плотно закрыл глаза, и с его губ сорвались рыдания. Внутренний конфликт, который он пытался подавить в себе с тех пор, как впервые увидел эту женщину, разъедал его изнутри, пожирая все его главные убеждения, как неуправляемый пожар.

Она стояла на трапе, держа за руку своего мужа. Ее сходство с его взрослой дочерью едва не сбило его с толку. Хотя умом он понимал, что ее смерть пойдет на благо делу, которому он служит, его отцовские чувства не могли позволить ему взорвать этот корабль.

Этот единственный момент вызвал в нем шквал сомнений, которые потешались над ним и разрушали его мечты об уничтожении корабля. Дни, прошедшие с тех пор, как он увидел ее, только усилили его изначальные чувства — теперь он видел человека в каждом мужчине и в каждой женщине вокруг себя на этом круизном лайнере.

Он должен что-то предпринять.

Он должен помешать своим товарищам взорвать «*Жемчужину морей*», и к тому же так, чтобы они об этом не узнали.

Напряжение тисками сжимало его голову, стучало в висках, крутило и перекручивало мозг. Он усилием воли открыл глаза и, долго не раздумывая, перерезал провод, чтобы обезвредить бомбу. Он тяжело и прерывисто дышал, пытаясь подняться на ноги.

Таких бомб на борту было еще много. Если он действительно хочет спасти пассажиров, придется попотеть. Сейчас ему было не до этого, он еще не успокоился после того, что только что сделал. Он открыл дверь в коридор, и у него отвисла челюсть. Кто-то схватил его за горло и толкнул обратно в темную комнату.

«Что, передумал?», — спросил второй.

Он открыл рот, чтобы что-то сказать, ответить, объяснить своему другу, что на него снизошло просветление — то, что они собираются сделать, неправильно. Но голос не слушался его, и до него кое-как дошло, что он уже не хозяин своему телу. На воротнике его друга была кровь, большие капли крови, которые собирались в струйки, и их становилось все больше.

И он все понял. Это он сам истекает кровью. Он уже не жилец.

2

ГЛАВА 2

Иногда эта херня сбивает меня с толку.

Ковбой стоял в своей каюте, перед ним открывался вид на Атлантику стоимостью в миллион долларов. Если бы кто-то сказал ему тридцать лет назад, что он вообще когда-нибудь побывает на таком корабле, он бы только рассмеялся в ответ.

И это был всего лишь еще один момент в длинной череде удивительных событий в его жизни. Блин, единственное, что обещало ему детство — это тюрьма и возможность стать неудачником мирового уровня, как его отец и отец его отца до него.

Но все пошло совсем по-другому. Так что хрена лысого. Он пошел служить на флот. И стал морским котиком. Потому что, если реально хочешь изменить свою жизнь и чего-то в ней добиться, надо высоко ставить планку, стремиться к этим гребаным звездам.

Он не рассчитывал на удачу.

Он шел к своей цели упорным трудом. Никогда в жизни он ни к чему не стремился столь усердно. И успех пришел. Получше, чем у многих.

Кто бы, блин, мог подумать.

Солнце вышло из-под тончайшей завесы облаков и сияло во всем своем великолепии, пока Ковбоя перебирал в памяти десять лет успешной службы и своих достижений, которые в конце концов привели его в Группу коммандос.

Тому мальчишке в нем, которому всегда так и будет двенадцать лет, хотелось, чтобы отец увидел его сейчас, но он не разговаривал с ним с тех пор, как в восемнадцать поступил на военную службу.

Может, старика уже и в живых-то нет. А если так, то он в гробу перевернется, узнав, что его старший сын возглавит всю организацию.

Да нет же. Еще не преставился. Ковбой бы знал, если бы Эдди Уилсон ушел в мир иной — огромная тяжесть свалилась бы с его плеч. Отец был жив, но его совсем не волновало, что там и как с его сыном Лео.

Ковбой подошел поближе к окну, сунув большие пальцы в карманы джинсов, и глубоко вдохнул бодрящий воздух. Вообще-то, дело было не в его отце. А в нем самом. Он невольно усмехнулся. Он возглавит Группу коммандос. Это все, о чем он когда-либо мечтал — мечты сбываются.

Он вспомнил, как Джакс сказал ему, что уходит с поста их командира.

Не подведи на Карибах. Поговорим, когда вернешься.

Эбби подняла руку и прикрыла ей глаза.

«Оденься, Лео. Я же не твоя жена».

Ковбой улыбнулся. Ему понравился агент, которого Логан пригласил из академии для выполнения этого задания. Она была миниатюрной, всего пять футов ростом. и казалась милой паинькой, пока держала рот на замке.

Она опустила руку.

«Если подумать, когда я выйду замуж, то лучше бы, чтобы грудь у нее не была волосатой».

«У нее?».

«Ну да. А ты думал, что обратишь меня в свою веру скромной демонстрацией своих мужских причиндалов?».

Он посмотрел на свою голую грудь.

«Я только что из душа. Такая жара».

«Ну так и одевайся. Сейчас будет лекция по технике безопасности в спасательной шлюпке. Принцесса пошла в свою каюту, видимо, за мужем. Мне пора двигать туда, да и тебе тоже, если только ты не супер-пупер пловец».

«Я же морской котик, детка».

«Ну. если ты так уверен, что сможешь доплыть до берега из середины океана, то, конечно, тебе такая лекция ни к чему».

«А я уверен, что меня обязательно спасет хорошенькая курсантка из академии».

Она закатила глаза и улыбнулась.

«Я уже лейтенант. И не любительница мужского болта».

Он рассмеялся вслед ей, когда она выходила из каюты. Если уж ему суждено провести неделю в смежной комнате с кем-то, то забавная миниатюрная лесбиянка подойдет в самый раз. До того, как он попал на борт, у него были смутные опасения по поводу того, с кем ему предстоит выполнять это задание. И меньше всего при его выполнении ему была нужна романтическая дребедень.

Обеспечь безопасность членов королевской семьи и по возвращении получишь повышение по службе. Все достаточно просто, если ничего не усложнять, а женщины вечно все усложняли для него. Нет уж, в этом путешествии он будет только охранять и загорать. Ну, может еще небольшой самоанализ при мысленном подведении итогов.

В громкоговорителе затрещало и раздался мужской голос:

«Добрый день, дамы и господа! Говорит капитан. Добро пожаловать на борт отправляющейся в свой первый рейс *«Жемчужины морей»*, самого большого и быстроходного круизного лайнера в мире. Для меня это и радостное, и грустное событие — мой последний рейс перед выходом на пенсию. Для меня большая честь и удовольствие разделить с вами незабываемые моменты этого путешествия. А теперь любезно прошу вас пройти к своим спасательным шлюпкам, пришло время провести обязательной инструктаж по технике безопасности. Местонахождение вашей спасательной шлюпки вы найдете на обратной стороне двери каюты. Чем раньше мы начнем, тем скорее закончим. Желаю всем счастливого плавания!».

Ковбой надел шлепанцы «Капитан Морган» и направился к своей спасательной шлюпке. Инструктаж по технике безопасности входил в распорядок пребывания на судне, так что он не собирался ничего пропускать.

3

ГЛАВА 3

Шарлотта О'Мэлли вытянула шею и прикрыла глаза от солнца, браслеты на ее запястьях звенели при каждом движении.

«Пресвятая богородица!».

«Жемчужина морей» оказалась шестнадцатипалубным судном выше Эйфелевой башни, стоящим в гавани. Улыбка расплылась по лицу Шарлотты.

«Ну, блин, вообще! Сплошной кайф!».

Она направилась к терминалу, волоча за собой под жарким солнцем Майами чемодан на колесиках. Где-то там Ковбой, и ей не терпелось уложить его между собой и матрасом. Отправиться в круиз было лучшей идеей, которая когда-либо приходила в голову ее брату, хотя Логан никак не ожидал, что она окажется на том же круизном лайнере, что и Ковбой.

Да какое его собачье дело.

Она вполне себе взрослый человек. Черт, иногда ей казалось, что вот-вот, и она уже старуха. Конечно, это было больше связано с ее бывшим мужем, чем с реальным возрастом. Рик высосал из нее все жизненные соки, а потом бросил ради какой-то девятнадцатилетней модели.

«Пошел он в манду, этот Рик».

Она шептала это сама себе по нескольку раз за день.

Теперь она дала себе зарок вообще не вспоминать этих слов всю следующую неделю.

«А может, просто поменять имя и говорить «Пошел он в манду, этот Ковбой»?. Тогда каждый раз при этой мысли придется идти и направлять его в манду».

Она хихикнула про себя.

Черт, ей нужна эта неделя, чтобы наиграться, быть свободной и наслаждаться вниманием мужчины, с которым ей так хорошо, и никаких условностей и ограничений. Шарлотта не строила никаких долгосрочных планов насчет Лео Уилсона. Ни фига подобного. Она не только не была уверена в том, что постоянные отношения вообще существуют, но и была чертовски уверена в том, что и искать их снова ей лично не стоит.

У нее дух захватывало от того, что на борту будут принцесса Вайолет и принц Хьюго, и надеялась, что своими глазами увидит членов королевской семьи. Она прочитала все, что удалось найти о королевской семье в журналах и таблоидах. Что-то во всех этих замках, принцах и принцессах помогало ей верить в «долго и счастливо», даже несмотря на то, что ее личный жизненный опыт сделал все, чтобы она и думать об этом забыла.

А ей хотелось испытать это чувство. Хотелось верить, что настоящая любовь существует, и что некоторым она дана свыше, хотя сама она и не принадлежала к числу таких счастливиц.

Оказавшись на терминале, она скользнула в туалетную комнату и осмотрела себя в зеркале. Влажность испортила ей прическу, но макияж держался неплохо. Подправить помаду на губах, и полный порядок. Вряд ли она столкнется с Ковбоем по пути в свою каюту, но ей хотелось быть во всеоружии. Не для того она тащилась в такую даль, чтобы в последний момент все испортить.

Шарлотта приспустила V-образный вырез блузки и подтянула бюстгальтер, чтобы все было на месте и грудь выглядела, как надо. Женщина средних лет у соседней раковины украдкой взглянула на отражение Шарлотты в зеркале.

«Вы рады предстоящему путешествию?», — спросила Шарлотта.

«О, да, разумеется. Мы с мужем часто бываем в круизах, но это никогда не надоедает».

«Правда? А я вот в первый раз. Всегда хотела, но у моего бывшего мужа морская болезнь. И он мудак, так что как-то так».

Шарлотта улыбнулась.

«Я встречаюсь с другом на борту. Он сел в Нью-Йорке. А долго идет вся эта посадка?».

«У вас есть VIP-карта?».

«Нет. А она нужна?».

«Она экономит время в очереди. Без нее на это уйдет часа три-четыре».

Энтузиазм Шарлотты поубавился. Еще три или четыре часа толкаться в очереди, прежде чем ступить на палубу, не говоря уже о том, чтобы увидеть Ковбоя.

«Вот же черт»..

4

ГЛАВА 4

К тому времени, как Шарлотта ступила на палубу *«Жемчужины морей»* и добралась до атриума, она уже чувствовала себя вконец измотанной. Царящее там оживление, вид роскошных тропических растений, двух этажей магазинов и сияющих прозрачных лифтов, бесшумно скользящих на невероятную для морского судна высоту, несколько взбодрили ее.

«Ни хрена себе!».

Там было многолюдно, кто-то толкнул ее сзади, но она не обратила на это никакого внимания. Она испытывала огромное облегчение, выбравшись наконец из терминала и оказавшись на самом корабле.

К ее волнению, связанному с предстоящей встречей с Ковбоем, примешивались и некоторые опасения. Эти последние два года были трудными для нее, крепко подорвали ее самооценку и уверенность в себе. Если раньше ей не составляло особого труда крутить любовь с парнями, то теперь она была как декорация для фильма про Дикий Запад — один фасад, за которым нет ничего реального.

Потому она и была здесь.

Интуиция ей подсказывала, что между ней и Ковбоем что-то есть, и требуется лишь какое-то время, чтобы обрести себя вновь — вспомнить, какой она была раньше, и снова стать самой собой.

К чертям собачьим Рика и все, через что ей пришлось пройти. Все демоны прошлого сами сдохнут, когда она снова станет любимой и желанной. Одна неделя с Лео Уилсоном прекрасно может вернуть ее к нормальной жизни.

Исправить все, что было в прошлом.

Ей вдруг расхотелось сразу же отправляться в свою каюту. Багаж у нее уже забрали, надо бы разыскать Ковбоя. Она приосанилась и помахала рукой проходящему мимо стюарду.

«Извини, красавчик. Не поможешь мне найти мою каюту?».

Его взгляд упал на ее грудь и снова вернулся к ее глазам.

«Конечно. Ваш номер каюты?».

«В том-то и вся загвоздка. Мы с мужем как-то потеряли друг друга. А номер каюты знает он».

«Не проблема. Ваше имя?».

«Эбби Уилсон».

Она рисковала, называя себя именем агента, мнимой жены Лео, но все вышло так, как она хотела.

Стюард оторвался от мобильного телефона.

«Ваши каюты 8-358 и 8-360, миссис Уилсон. На лифте на восьмой этаж и налево».

«Большое спасибо, красавчик».

И она подмигнула ему.

Пока она шла к лифту, в кровь током ударил адреналин. Шарлотта две недели планировала этот вояж, зная, что Ковбой на борту, так что приключение начинается. Она повела плечами.

Не дрейфь.

Он хочет тебя. Сама же видишь по его взглядам. Он, блин, едва язык не проглотил на той вечеринке у Логана, но уж тут-то, на корабле, ему не отвертеться. Ей же ничего особенного и не надо.

Всего-то легкая интрижка на неделю.

Лифт остановился на восьмом этаже, и она вышла, ноги слегка подкашивались.

Да это все гребаные шпильки. Офигенно высокие, а я весь этот чертов день на ногах.

Но дело было вовсе не в шпильках, и она это отлично знала. Здесь, чуть дальше по коридору, был Ковбой.

А что, если он тебя выставит?

Да ладно тебе, не заморачивайся. С какого это бодуна вдруг?

Она пошла быстрее, чтобы не успеть передумать. И постучала в каюту 8-358. Секунды тикали, сердце бешено колотилось. Она закусила губу и постучала еще раз. Может, попробовать другую дверь? Стюард назвал ей два номера кают. Люксы обычно смежные.

Время шло — никакого ответа. Она уставилась на цифры на табличке рядом с дверью. Лео здесь нет.

Твою ж мать!

Она резко выдохнула и собралась уходить, но, повернувшись, увидела Ковбоя, который как раз появился в коридоре из-за угла. Он был без рубашки, мышцы груди и пресса выглядели вызывающе могучими, джинсы низко сидели на бедрах. При виде Шарлотты он застыл на месте от такого сюрприза, потом улыбнулся и пошел к ней навстречу.

«Шарлотта? Каким ветром?».

Она окинула всего его взглядом. потом переела глаза на торс и наконец посмотрела ему в глаза.

Да так уж вышло. Блин, ну и жарища.

«У тебя все нормально?», — спросил Ковбой.

«Лучше некуда! Все зашибись. Зайдем, что ли?».

Ковбой вынул из кармана карточку и повернулся к ней спиной, чтобы открыть дверь, обдав ее запахом разгоряченного мужского тела. От этого запаха вперемешку с ароматом душистого мыла ее мышцы где-то в глубине тела напряглись.

Он придержал дверь, пропуская ее вперед. Шарлотта окинула беглым взглядом каюту.

«А где эта девица из Академии?».

«Ее зовут Эбби. Она на палубе, ведет наблюдение за членами королевской семьи».

«Ништяк».

Шарлотта бросила сумочку на небольшой диванчик. Соврать или не стоит? Можно сказать, что это невероятное совпадение, или даже приплести немного правды. Что брат рассказал ей о круизе и посоветовал ей тоже отдохнуть на те деньги, что ей достались от Рика.

А тебе это надо? Хочешь притвориться, что вовсе не искала его?

Она впилась ногтями в ладони.

«Ты сам-то как, Лео?».

«Честно говоря, в растерянности. Никак не ожидал увидеть тебя здесь».

Вот оно самое, Шарлотта. Момент истины.

Она облизнула губы.

«У меня есть к тебе предложеньице».

«Какое именно?».

«Покайфовать на пару».

Она подошла к нему.

«Мне надо немного расслабиться».

Ковбой едва заметно прищурился.

«Этого добра здесь хоть отбавляй. Смотря что предпочитаешь».

«Вообще-то предпочтение всего одно».

Она придвинулась к нему поближе, оказавшись всего в футе от него.

«Перепихон. Безо всяких надуманных условностей и ограничений, полная сексуальная свобода с большой буквы Е на одну неделю, и только на одну неделю».

Она стояла так близко к нему, что видела, как расширились зрачки его голубых глаз, как что-то неуловимо изменилось между ними. Шарлотта раскраснелась от своих собственных слов и прилившей к лицу крови.

Голос Ковбоя прозвучал мрачновато.

«И за этим ты сюда притащилась?».

Она кивнула.

В его жарком взгляде легко угадывалось затаенное желание. Все у них склеится. Хоть бы у него встал на нее, тогда она могла бы похотливой страстью заменить разбитую любовь. Как же ей хочется быть желанной. Не парить мозги ни себе, ни ему, а просто сладостно отдаться этому парню. который так сильно заводит ее.

Ковбой уставился в пол.

Вся его мужская бравада начала на глазах рассыпаться, оставляя после себя лишь торчащий во все стороны неуклюжий скелет ее неуверенности в себе и сомнений. Неужели он вот так кинет ее?

«Шарлотта, ты меня, конечно, извини. Я бы и раз сказать «да», какой дурак от такого откажется».

Короче, пролетела. В своих самых смелых фантазиях она и мысли не допускала получить отказ. Она вскинула подбородок повыше и пошла на новый заход.

«Ой, да ладно тебе, Лео. Только не пори мне всякую херню про Логана и чувство ответственности».

«Хорошенькая херня. Твой брат — мой боевой товарищ в Группе коммандос. Ты отлично знаешь, что он не хочет, чтобы мы встречались».

«Да насрать мне, чего он там хочет и чего не хочет, что и тебе советую. Меня интересует лишь одно — ты меня хочешь или нет? Блин, даю зуб на отсечение, что хочешь».

Он так взглянул на нее после этих слов, что ее бросило в жар — колени подкосились, по телу пробежала похотливая дрожь.

«Меня охрененно тянет к тебе», — согласился он.

Его слова окрылили ее и придали ей храбрости, какой она не испытывала в таких делах уже много лет. Шарлотта положила руки ему на плечи и почувствовала, как его мышцы напряглись от ее прикосновения. Ее пальцы ощутили притягательное тепло его кожи, и она поцеловала его. Его мягкие пухлые губы нерешительно поддались ее поцелую.

На мгновение ей показалось, что он оторопел, не зная, что с этим делать — то ли поддаться ей, то ли оттолкнуть ее. Он крепко обнял ее, и она не смогла сдержать улыбку даже при поцелуе. Он впился в нее губами, проникая своим языком в рот и пробуя ее на вкус.

Ковбой совсем потерял голову, все плотнее прижимаясь к ней бедрами, мышцы которых уже безмерно напряглись. Шарлотта подалась всем телом ему навстречу. Из его груди вырывалось не то рычание, не то стон, который будоражил ее и находил желанный отклик ее естества. Она ждала этого, она хотела именно этого — слиться с ним в бешеном экстазе страсти, и чувствовала, что нарастающее в нем желание сулит ей многое.

Она уже представляла себе предстоящую неделю — как днем она нежится под солнцем, а ночью под ним, сливаясь с ним в единое целое.

Ковбой оторвался от нее и посмотрел ей в глаза.

«Я не могу».

Она снова поцеловала его.

«Да все ты можешь».

Он пытался противиться ей, противиться самому себе, а она обвивала его своим телом — своим единственным оружием в схватке за его любовные страсти.

Он ухватил ее за запястья и убрал с себя ее руки.

«Нет. Я и правда не могу».

«Не вешай мне лапшу на уши, — отрезала она. — И можешь, и хочешь. Ты вечно заваливаешь девиц, а чем я хуже. У тебя же стоит на меня».

Она многозначительно взглянула на его торчащее в штанах мужское естество.

«Так и в чем, блин, проблема?».

«Ты права. Я хочу тебя. Ты меня так охрененно заводишь, что я едва сдерживаюсь, когда вижу тебя. Помнишь ту вечеринку у Логана? Весь вечер мучился стояком от одного запаха твоих духов».

Шарлотта приободрилась и снова коснулась его плеча.

«Неделя, Лео. У нас есть целая неделя. Ты волен в своих желаниях со мной, а я вольна в своих желаниях с тобой».

«Так я здесь на задании. Не в отпуске же».

«Да знаю я. И знаю, что ты здесь с Эбби, которая по очереди с тобой присматривает за королевской семьей. Так что время на сон у тебя есть, Лео, а спать можно и со мной».

5

ГЛАВА 5

Ковбой мог легко представить себе распростертую под ним Шарлотту и более чем тесное сплетение их тел. Он знал, какой это был бы кайф, намного кайфовее, чем с другими девицами.

Он продолжал целовать ее, будучи не в силах остановиться. Черт, кого он обманывает? И зачем останавливаться. Он ухватил ее попку руками и притянул ее к себе.

Почему никто из других девиц не вызывал в нем такого непреодолимого прилива вожделения? Он был известным ловеласом, повернутым на сексе, и никогда не испытывал недостатка в желающих переспать с ним. И ему нравилась каждая из окученных им девиц, потому как он получал удовольствие, покрывая их, как и любой горячий половозрелый американец. Но от той, которую он сейчас тискал, он торчал больше всего, раскаляясь при этом как забытая на огне сковородка.

У него в голове даже мелькал вопрос — от нее самой он торчит или от того, что не должен ее трогать. Вообще-то особой разницы для него в этом не было, потому что трахать ее станет себе дороже.

Да, он никак не ожидал увидеть Шарлотта в своей каюте, да еще и предлагающую ему улетный перепихон.

На неделю.

От этой мысли его стояк стал еще крепче. Он развернул ее, прижал к письменному столу, потираясь игривыми бедрами и стояком о ее булки, и принялся целовать ее в шею. В затуманенный похотью мозг вдруг, как молния в громоотвод, ударила разумная мысль.

Совсем слетел с катушек!

Вспомни, что Логан — ее брат. И хрен его знает, наплевать ему на это или нет. Группа коммандос вот-вот перейдет под управление Ковбоя, и трахнуть Шарлотту значит нажить себе врага среди своих же бойцов. Может, конечно, и нет, но хрен его знает.

Да и с самой Шарлоттой не все так однозначно. Она говорит, что ее интересует только перепихон, одна неделя секса безо всяких условностей и планов на будущее. Но стоит ли доверять ее словам?

Долгие отношения ему пока ни к чему. Он пока ловелас, крутой плейбой. Всегда готов перепихнуться, но не более того. А волочиться за юбками в поисках вечной любви — удел тех безумцев, которым непременно надо о ком-то заботиться и забивать этим свою башку.

Для Ковбоя это не вариант.

Шарлотта повернулась и тронула его стояк, от чего он сразу дернулся. Он схватил ее за плечи и немного отстранил от себя.

«Не очень хорошая идея», — сказал он.

Ее взгляд упал на его губы, и он почувствовал, что им тоже нужен объект вожделения.

«А я и не говорила, что это хорошая идея, Лео. Но

зато, блин, полный улет и отпад. Чего ради себя мучить. Я уже вся теку, готова сама тебя трахнуть так, что яйца отвалятся».

Во дает! Что ни слово, то мат-перемат. И он торчит от этого. Интересно, в постели она так же выражается? Прямо режет, что она хочет? Стояк уже бился в истерике, тесно прижатый к ширинке его джинсов, и истошно вопил, чтобы его выпустили на волю.

Эбби следит за королевской семьей до ужина.

Эй, даже не думай!

Но он, упаси господи, именно об этом и думал. Эбби даже не узнает, что Шарлотта была здесь.

Эбби. Вот, блин, встрял.

«Моя напарница по этому заданию может перейти на работу в Группу коммандос».

«Так не говори ей, что я сестра Логана. И все дела».

«Все не так просто».

«Это если все усложнять, Лео».

Ковбой все еще держал ее за плечи, и она прислонилась к нему, продолжая напирать на него. Он уже совсем было собрался поддаться своему желанию, как в голове опять мелькнула здравая мысль.

Она тебя погубит.

Он замер в оцепенении. На пороге судьбы уже маячило все, к чему он стремился, и даже больше, чем он мог себе представить, а секс с сестрой Логана может стать тем камушком, который запустит лавину его падения.

И тогда конец всем его планам и надеждам. Его карьере. И прощай, Группа коммандос. А больше он ничего в жизни и не умеет. Надо как-то втолковать ей это.

«Стоп, детка. Я герой не твоего романа».

«Ты не хочешь?».

Она удивленно вскинула брови и отпрянула от него. Ее щеки пылали, она была еще красивее, чем прежде, хотя и было видно, что его слова задели ее за живое.

Он наплевал на ее чувства. Ковбой понял это, кожей ощущая пронесшийся между ними холодок, и ему захотелось забрать свои слова назад, как-то исправить возникшую неловкость.

«Мне очень жаль, Шарлотта».

Она отошла в другой конец каюты и повернулась к нему.

«Ну и засранец же ты, — сказала она, тыча в его сторону пальцем. — Хочешь же, аж джинсы трещат по швам от стояка. Боишься признаться себе, что ты трус, что тебе не по зубам твои желания, а вместо этого порешь всякую херню про то, что не хочешь меня трахнуть? Потому что и слепому видно, что это полная херня».

Он стал переминаться с ноги на ногу, пытаясь удержаться за остатки здравого смысла, который все больше утрачивал контроль над его телом. Она вся пылала от возмущения и страсти, и пробудила в нем ответный огонь.

«Слушай. Я хочу тебя, Шарлотта. Я так сильно хочу тебя трахнуть, что могу толкнуть тебя на кровать, задрать юбку и засадить так, что мама не горюй.

Но я не хочу портить отношения с твоим братом, который, как ты прекрасно знаешь, охрененно разозлится, узнав, что ты здесь. К тому же я здесь на задании и не могу его провалить только потому, что ты меня отвлекла, или потому, что я оставил за себя новичка-напарницу, а сам пошел трахаться. С какого хера мне терять уважение Джакса прямо перед тем, как он собирается назначить меня командиром Группы коммандос. Это же вся моя жизнь и судьба! Пойми же ты наконец, Шарлотта! И при чем здесь трус?».

Она подошла к дивану, взяла сумочку и пошла к двери. Уже взявшись за ручку, бросила через плечо:

«Увидимся, Лео».

Шарлотта вышла, хлопнув дверью за собой.

«Сорян, — хмуро сказал он ей вслед в пустоту каюты. — Твою ж мать!».

6

ГЛАВА 6

Дул теплый летний ветерок, в воздухе витали запахи соленого моря и солнцезащитного крема — Ковбой сразу почувствовал себя как на пляже. Он шел по деревянному настилу у бассейна, выискивая глазами Эбби среди множества голых рук и ног.

Наконец он ее нашел и растянулся в шезлонге рядом с ней. Он все еще не мог опомниться от встречи с Шарлоттой здесь, на борту, и от ее прямого предложения безудержного траха на всю неделю.

От чего он только что отказался.

Ковбой показал рукой на бассейн, где купалась королевская семья.

«Ничего подозрительного, пока меня не было?».

«Да вроде нет. Был здесь один — довольно внимательно наблюдал за ними. Может, просто узнал».

Ковбой кивнул.

«Странно, что так мало суеты вокруг них — фотки с их свадьбы были в каждой бульварной газетенке в каждом магазинчике по всей Америке».

«Да кто их читает».

«Ну, кому-то это интересно. Капитан не подходил? Ему же надо познакомиться с нами».

Эбби полезла в сумку и достала солнцезащитный крем.

«Пока не появлялся. У тебя что нового? Пообщался со службой безопасности?».

«Ага. Они показали мне все свои записи и дали уточненный список пассажиров. Я еще не просматривал его».

Наверное теперь в нем появилось и имя Шарлотты. Если бы он знал, что она собирается в этот круиз, он бы из кожи вон вылез, чтобы отговорить ее от этой затеи. Тогда бы и только что пережитого шока от встречи с ней не было.

Разве мог он представить себе, что она будет гоняться за ним, как лиса за зайцем. Поди пойми, что у женщины на уме. Он ухмыльнулся. Эта охотница достойна восхищения. Ему понравилось, как она одними словами сумела надавать ему по яйцам.

Всмятку.

И какого черта она сестра Логана?

«Поможешь?».

Эбби протянула ему солнцезащитный крем.

«Не вопрос».

Он выдавил немного крема на руку и начал растирать его по ее плечам.

Она замурлыкала от удовольствия.

«Боже, мне нужна своя женщина. Как это приятно».

«У тебя кто-то есть?», - поинтересовался Ковбой.

«Сейчас нет, моя бывшая уехала несколько месяцев назад. Устроилась на работу в Сан-Диего».

«Бывает».

Она пожала плечами.

«Не обязательно. Она просила меня поехать вместе с ней».

«Скучаешь по ней?».

Эбби рассмеялась.

«Только когда надо, чтобы кто-то намазал мне плечи кремом. А у тебя как с этим? Встречаешься с кем-нибудь?».

Он тут же подумал о Шарлотте, вспомнил ее в своих объятиях, как она всем телом прижималась к нему.

«Неа».

Эбби надела очки от солнца и откинулась в шезлонге.

«Ненавижу толпу».

Ковбой посмотрел на королевскую пару — они плескали друг в друга водой в бассейне и веселились. Это была красивая пара: он высокий и статный, она — ростом поменьше, с изящными формами. Они с таким же успехом могли быть кем угодно, и все равно привлекли бы его внимание — исходившее от них ощущение счастья было притягательным, как пылающий закат. Ковбой дважды взглянул на них и улыбнулся.

Не каждый день увидишь пару, которая лучится счастьем.

Краем глаза он уловил красное бикини и повернулся, чтобы рассмотреть женщину со сногсшибательной фигурой и большой шляпой от солнца на голове, идущую прямо к нему. Он одобрительно поцокал языком, и тут вдруг узнал ее.

Шарлотта.

Она тоже заметила его. Он понял это по тому, как она замедлила шаг.

«Красотка», — сказала Эбби.

Ковбой расхохотался.

«Извини, она в моем гареме».

«Откуда ты знаешь?».

«Потому что я знаю ее».

Когда Шарлотта подошла поближе, он сдвинул очки на лоб.

«Привет!».

Шарлотта остановилась у его шезлонга.

«И тебе привет».

Эбби села и протянула руку.

«Эбби Грейнджер».

«Шарлотта О'Мэлли. Приятно познакомиться».

Эбби перевела взгляд с Ковбоя на Шарлотту.

«Вы двое познакомились здесь, на корабле?».

«Нет, мой брат служит в Группе коммандос вместе с Ковбоем», — ответила Шарлотта.

Ковбой весь съежился.

«Ах, вот как», — сказала Эбби.

И повернулась к Ковбою.

«Так вы вместе?».

Ковбой покачал головой.

«Нет».

«Не совсем», — ответила Шарлотта, ухмыляясь Ковбою.

Эбби склонила голову набок.

«Ну-ну».

«Все слишком сложно, — сказал Ковбой. — Было бы неплохо, если бы это осталось строго между нами».

«Ладно уж. Как говорится — могила».

«Рада знакомству, Эбби», — сказала Шарлотта.

И подмигнула Ковбою, прежде чем уйти.

Время покажет, правда ли это, и можно ли доверять Эбби и ее умению хранить секреты. Джакс хочет расширить команду. Набрать несколько женщин. Задание Эбби в этом круизе делает ее возможным кандидатом, и ему совсем ни к чему, чтобы она знала о Шарлотте больше, чем ей и так уже известно.

Зазвонил мобильник Ковбоя. Это был Джим Харрисон, начальник службы безопасности судна. Он сотрудничал с Группой коммандос в рамках задания по охране членов королевской семьи.

«Привет, Харрисон».

«Тут кое-что случилось. Не думаю, что это как-то связано с твоим заданием, но все же решил поставить тебя в известность».

«Что именно?».

«Убийство на борту».

Ковбой выпучил глаза.

«Кого убили?».

«Не знаю. Тела нет, но, судя по луже крови и отсутствию смертельно раненых пассажиров в лазарете, совершенно ясно, что кто-то убит. В зоне, доступ в которую имеют только члены экипажа».

Уже полегче.

«И что теперь? Возвращаемся в порт?», — спросил Ковбой.

Эбби села, сняла очки от солнца и вопросительно взглянула на него.

«Дирекция круиза связалась с Береговой охраной, — сказал Харрисон. — Принято решение продолжить рейс».

«Дай мне знать, если нужна моя помощь. Спасибо, что проинформировал».

Ковбой отключил связь и повернулся к Эбби.

«Кого-то грохнули на борту. Тела нет, но кровищи много».

«Ни хрена себе! Есть опасения насчет королевской семьи?».

Ковбой покачал головой.

«Нет. Это произошло в зоне, закрытой для пассажиров. Похоже, что один член экипажа убил другого».

Эбби откинулась назад и снова надела солнцезащитные очки.

«Что ж, это не сулит ничего хорошего на остаток круиза».

«С нами это никак не связано».

«Все как-то с чем-то связано. Закон вселенной. Если кого-то здесь пришили, то и нам надо держать уши востро».

Ковбой откинулся в шезлонге.

«Чем займешься на этой неделе? Скалолазание? Имитатор прыжков с парашютом?».

«Спа и массаж. А ты?».

Он подумал о Шарлотте и о секс-гимнастике с ней на траходроме.

«Тупо сидеть и загорать».

И заниматься, блин, самовоздержанием.

7

ГЛАВА 7

Шарлотта резко нажала на рычаг игрового автомата и смотрела, как крутятся и сверкают старомодные тумблеры. Наконец все остановилось, но она ничего в этом не смыслила. То ли выиграла, то ли проиграла, хотя какая разница.

Она снова с силой дернула ручку вниз.

Из глубины казино раздались радостные возгласы, но она и бровью не повела, упорно глядя на окно автомата перед собой.

Гребаный дебил этот Ковбой.

Как это он не захотел завалить ее? Всем известно, что он трахает все, что движется, а чем она-то хуже. Будто она какая-то дефективная или типа того.

Автомат загудел и засвистел, замигали огоньки, и посыпались монеты. Она снова резко потянула за рычаг, и все снова закрутилось. В зале стоял шум и гвалт, эта какофония звуков успокаивала ее, как шум стиральной машины убаюкивает малыша.

Надо выбрать какую-то линию поведения. То ли изображать из себя оскорбленную обиженку и сожалеть о своем промахе, то ли просто разозлиться.

Шарлотта решила разозлиться.

Ну и что, что этот козел не хочет спать с ней. То, что она хрен знает откуда притащилась сюда и села на этот гребаный круизный лайнер, чтобы быть с ним, вовсе не значит, что вся ее жизнь разлетелась к чертовой матери. Да пошел он на хер.

В море полно рыбы, стоит лишь получше расставить эти гребаные сети.

Тщетность попыток уломать Ковбоя напомнила ей о Рике.

В манду этого Рика.

Что, он так и будет вечно торчать у нее в голове? Надо выбросить его к черту из башки и начать все с чистого листа, чтобы огромная тень этого хера не застила ей глаза, не мешала строить свою жизнь заново.

Его же уже нет с ней, хрен знает как долго уже нет. И этот засранец Ковбой тоже хорош — надавал ей сегодня по мордасам своим отказом, а каждая пощечина напоминает ей о бывшем.

Нажать. Зазвенело. Засвистело. Застучали посыпавшиеся монеты. Это успокаивало нервы. Каждый потраченный ею здесь доллар был из денег Рика, полученных при разводе. Она снова потянула ручку автомата.

Невесть откуда вдруг взялась какая-то мужская рука и оперлась на автомат, на нее пахнуло изрядной дозой пряного парфюма. Шарлотта повернула голову к нарушителю ее покоя, который прямо-таки ослепил ее своей белозубой улыбкой.

«Похоже, крошка, сегодня твой удачный день. По всем щелям в выигрыше».

Он усмехнулся своей шутке.

«Я Трент».

Он протянул ей руку.

«Я не в настроении общаться, Трент. Извини».

«Но мы же только что встретились. Откуда ты знаешь, в настроении ты общаться со мной или нет? Как насчет типа мы с тобой...».

Она уперлась одной рукой в бок и развернулась к нему.

«Ты, блин, глухой, что ли? Отвали».

Его взгляд стал жестким.

«Вот сучка».

Она залепила ему пощечину.

«Это круиз для пар, а ты лезешь ко мне. Вали на хер. козел гребаный».

Он отшатнулся от нее и исчез.

Шарлотта вернулась к игре на автомате, но чары задумчивого покоя уже были разрушены. Этот недоносок вывел ее из себя, и теперь хоть сколько жми на этот рычаг — вечер безвозвратно испорчен. Она собрала монеты в коробку и поднялась на несколько ступенек в бар при казино.

«Слушаю вас», — улыбнулся бармен.

Это был чернокожий красавец с густыми усами. Шарлотта взглянула на его бейджик.

Исаак.

Она прищурилась.

«Точно, что ли?».

Он подал ей руку, и они обменялись рукопожатием.

«Я Малик. Но с этим бейджиком дают больше чаевых».

«Неплохая задумка. Плесни мне виски со льдом, будь так добр».

Она чувствовала себя так, будто только что вернулась

с поля боя. Перед глазами все еще стояла обнаженная грудь Ковбоя, она все еще ощущала его крепкие объятия. Казалось, вот-вот, и он в ее руках, но в самый последний момент все вдруг сорвалось.

Малик принес ей выпивку.

«Многие посетители хотят поговорить со мной за жизнь и за любовь».

«А я произвожу такое впечатление?».

«Ты красивая, но выглядишь какой-то потерянной».

Шарлотта отхлебнула виски. Не особо-то приятно знать, что по ее виду понятно, что творится у нее в душе.

«Спасибо за выпивку».

Она обернулась и окинула взглядом игровой зал и игроков, шумно и весело просаживающих свои деньги. Не будет же она всю неделю горестно размышлять про свои неудачные шуры-муры с Лео. Круиз — не место для грусти, он для радости и наслаждений.

Едва она успела так подумать, как увидела в зале Ковбоя.

Черт-черт-черт!

Он снова был с этой девицей из Академии, весьма милой особой, которая так намертво вцепилась в его руку, что невольно возникал вопрос, а не спит ли он с ней.

Почем знать.

Прямо соль на открытую рану, больнее не придумаешь. И такая херня будет всю неделю? Куда ни глянь, везде Ковбой? Она сделала еще один глоток виски, и их взгляды пересеклись.

У Шарлотты все сжалось внутри, но в следующее мгновение ее охватила злость. Да в гробу она это видела — сидеть здесь и расстраиваться. Пойду прямо к нему, и пусть он теперь не знает, куда деваться.

Она могла поклясться, что он запаниковал, увидев, как она направляется через весь зал прямо к нему, и расплылась в самодовольной ухмылке.

«Привет, Лео. Привет, Эбби. Потянуло немного пошалить в азартные игры?».

«Я буду играть в блэкджек и присматривать за нашими друзьями», — сказала Эбби.

Она переводила взгляд с Ковбоя на Шарлотту и обратно, на ее лице застыла улыбка.

«Короче, я пошла».

И она оставила их наедине.

Шарлотта подошла поближе к Ковбою.

«А что же ты?».

«Да какой из меня игрок».

«Да что ты. Правда, что ли? Ну, ты сегодня прямо коробка с сюрпризами».

«У тебя расстроенный вид».

Она отпила виски.

«Да нет. Разве что разочарованный».

«С чего вдруг?».

Она слегка наклонилась к нему и понизила голос.

«Ты так усердно создаешь себе образ бесшабашного плейбоя. Так что я тоже купилась».

Он насупился и сунул руки в карманы.

«Ну почему я, Шарлотта? Зачем ты так далеко тащилась только для того, чтобы спать со мной эти несколько дней?».

Да потому что ты лучший парень из всех, с кем меня сводила жизнь.

Сказать этого она ему не могла, а ничего более подходящего на ум не приходило.

«Должна же быть какая-то причина», — неуверенно продолжил он.

«Классная компания».

Он скользнул взглядом по ее лицу, задержавшись на ее губах, и снова посмотрел ей в глаза.

«Такая роскошная фемина как ты может легко найти классную компанию и поближе к дому».

Внутри что-то екнуло. Неужели он и правда считает ее такой роскошной бабой? Его сексуальный голос завораживал и возбуждал ее, она покрепче стиснула колени.

Шарлотта чувствовала исходящие от него флюиды страсти, и в ней вновь проснулись старые надежды.

«Я так хотела тебя».

Он наклонился к ней, их лица едва не соприкасались. Веки Шарлотты тяжело опустились, она облизнула губы. Время напряженно тянулось, ее сердце отчаянно колотилось в груди в ожидании поцелуя.

Но Ковбой отстранился от нее.

«Я все еще хочу тебя», - прошептала она.

Ее щеки залило румянцем. Она отхлебнула немного виски и уставилась в стакан, болтая в нем остатки льда.

«Но ты упорно избегаешь меня, я права?».

Ей было так жаль себя в эту минуту, было так стыдно от того, что она опять открылась ему и вновь получила от ворот поворот.

«Ты не говоришь мне всей правды», — сказал Ковбой.

«А что ты хочешь от меня услышать? Что я здесь, потому что из-за развода я чувствую себя старым грязным полотенцем, которое швырнули на пол и прошлись по нему? Потому что так оно и есть. Вот и вся правда. А правда не всегда ласкает слух. Но ты же, как я вижу, не заморачиваешься с такими сложностями — с пустыми куколками проще».

Она вглядывалась в его лицо в поисках сочувствия,

которое ожидала там увидеть, но выражение его лица оставалось непроницаемым.

«Ничего-то ты обо мне толком не знаешь, все больше придумываешь», — сказал Ковбой.

Он был так красив, от него исходило такое ощущение стабильности и надежности, не говоря уже о привлекательности и сексуальности, что стоит лишь добавить к этому списку чувственность и понимание, и она готова упасть на колени перед ним, умоляя его изменить свое решение.

Шарлотта поставила пустой стакан на поднос проходящей мимо официантки. Пора убираться отсюда восвояси, пока она не выставила себя вообще полной дурой.

«Ну, почирикали и хватит. Пойду лучше в ночной клуб. Оторвусь по полной на танцплощадке».

8

ГЛАВА 8

Большую часть следующего часа Ковбой провел, наблюдая за тем, как Эбби просаживает деньги, играя в блэкджек за столом рядом с принцем и принцессой. Он присматривал за членами королевской семьи весь ужин и начало вечера, чтобы Эбби могла сходить в спа, а это значит, что теперь он передал дежурство ей и не обязан торчать здесь. Так что он просто стоял рядом с Эбби, размышляя о Шарлотте и ее танцах.

«Еще одну карту», — сказала Эбби.

Ковбой нахмурился.

«У тебя семнадцать».

«А мне надо двадцать одно».

«Смотрю, ты вошла в азарт».

Сдающий перевернул четверку червей, и Эбби взвизгнула.

«Пошла масть!».

«Ты уже продула больше четырех сотен баксов».

«Да ладно тебе, все отыграю с плюсом».

Ковбою этого зрелища хватило за глаза.

«Я пошел. Увидимся утром».

Он вышел из казино с твердым намерением вернуться в свою каюту, однако ноги сами понесли его совсем не туда. Что ж, тогда размять ноги. Перед сном полезно немного погулять по палубе.

И Ковбой, будто бы сам не зная как, оказался у ночного клуба и уже кого-то высматривал в голубоватом сумраке зала среди мелькания огней. Да что тут думать, именно сюда он и шел. С самого начала. Как только Шарлотта вышла из казино, он уже мысленно шел за ней следом. Ему просто хотелось увидеть ее.

И не более того.

Кто бы сомневался.

Он вошел в ночной клуб, живо представляя себе, как ее тело движется в такт музыке, и воображая, что и как бы у них было, если бы он воспользовался ее откровенным предложением. А был бы полный улет, и он это знал.

Она не выходила у него из головы — с ее броским макияжем, в облегающем тело наряде, столь же стильном, сколь и не пойми каком, который сводил его с ума. Откровенный вырез декольте и запах ее духов в казино едва не погубили его.

Он был уже готов поцеловать ее, но вовремя одумался. И вот теперь он здесь, разыскивает ее глазами, и вся его сдержанность и разумность остались за дверью ночного клуба.

В зале гремела музыка, у столиков стояли посетители, что-то потягивая из стаканов, мерцающих и отблескивающих вспышками неона в полумраке.

И тут он увидел ее.

Шарлотта была на танцплощадке, летящие крылья ее черно-белого платья мелькали и исчезали в темноте, от чего ее великолепное тело казалось прикрытым лишь полосками ткани. Глаза закрыты — окружающий мир не существовал для нее, когда она крутила бедрами и вскидывала руки над головой.

Ковбой и без того был уже наполовину возбужден, а тут шлюзы и вовсе открылись, и крепкий стояк дал о себе знать. Он вышел на танцплощадку, обошел вокруг нее, рассматривая со всех сторон, прежде чем подойти поближе и тронуть ее за плечо.

Ее глаза распахнулись, она окинула его понимающим взглядом. Что-то говорить в таком шуме было просто без толку. Шарлотта положила руки ему на грудь и снова начала двигаться в такт музыке. Ковбой присоединился к ней в этом медленном обольщающем танце, который скорее походил на занятие любовью, чем на танец. Он сжимал ее бедра, его пальцы скользили по шелковистой ткани ее платья и впивались в изгибы ее притягательного женственного тела.

Его губы коснулись ее лба. Она подняла голову, чтобы поцеловать его, ее пухлые губы подразнили его, прежде чем перейти к ласкам языком.

Он обвил руками ее шею, запустил их в ее волосы, все крепче прижимая ее к себе. На вкус она напоминала смесь виски с чем-то сладким, и ему захотелось попробовать каждый закуток ее тела. Музыка помогала Шарлотте терзать его своим телом, потираясь об него, прижимаясь к нему и притягивая его к себе.

Пошел медляк, и он крепко прижал ее к себе.

«Мне еще не поздно передумать? — шепнул он ей на ухо. — Ты нужна мне».

Она покачала головой, схватила его за руку и потянула за собой из клуба на теплый ночной воздух. Ковбой прижал ее к поручням палубы и принялся осыпать поцелуями под шум воды, плещущейся о борт корабля.

Шарлотта подняла голову.

«Пошли в мою каюту».

«Пошли».

Он хотел этого, хотел ее и всего, что она называла «без условностей и ограничений».

Они добрались до ее каюты. В большие окна светила полная луна, на полу играли тени. Эта каюта оказалась намного больше, чем его половина люкса. Он стал шарить жадными руками по ее платью, задрал подол вверх и обхватил ее за бедра.

Без нижнего белья.

Господи, боже ты мой!

Он вытащил рубашку-поло из брюк, и она скользнула руками по его груди. Ее ногти царапали его кожу, он издал тихий стон и быстро, не расстегивая, стянул с себя рубашку прямо через голову.

Она поцеловала его шею, уткнувшись носом во впадинку его ключицы, и стала спускаться ниже по его телу. Ухватила ртом его сосок, нежно посасывая и щекоча его языком. Ковбой хрипло хохотнул. Она нужна ему голая, прямо сейчас — увидеть ее тело и попробовать его на вкус.

Он наклонился, подхватил ее на руки и понес в спальню. Дойдя до кровати, он отпустил ее, и она соскользнула вниз по его телу, задев по пути его стояк. Ковбой удивлялся этому жгучему желанию, этому неудержимому стремлению обладать ею, этой неукротимой похотливости, как у подростка, впервые познавшего женщину.

Он собрал рукой ее волосы и откинул их в сторону, целуя ее за ушком, одновременно нащупывая молнию на ее платье и расстегивая ее на спине. Ощутил под рукой полоску ее бюстгальтера, что-то жесткое типа кружева, и развернул ее лицом к себе, прежде чем стянуть с нее платье и увидеть ее в первородной наготе.

Черное кружево. Оно ярко выделялось на бледной коже ее объемных грудей в залитой лунным светом комнате. Он осторожно обхватил их ладонями. Его большие пальцы нащупали соски, поглаживая и играя с ними, потом он приник к ним ртом прямо через ткань.

Шарлотта ахнула и смачно матюгнулась.

Ковбой обхватил ее руками и расстегнул бюстгальтер на спине, затем прижал ее спиной к матрасу и вернулся к обнаженным стоящим торчком соскам. Он ласкал их языком, ощущая чувственность темных кружочков вокруг них, и втянул один из них всем ртом.

Шарлотта ойкнула, ее ноги сами раскинулись под ним, и он устроился между ними, начиная так же дерзко ласкать вторую грудь.

Она крепко прижала его голову к себе.

«Да, блин! Не тормози. Давай еще!».

У него снова мелькнула мысль, будет ли она и в постели ругаться как сапожник. И это добавило страсти его похотливым устремлениям. Он яростно насасывал ее груди, она стонала все громче.

Наконец от оторвался от ее сосков и передвинулся повыше. Она тут же перевернула его на спину.

«Я хочу отсосать тебе, — сказала она. — Хочу заглотить до упора и поиграть с твоими яйцами».

Он мигом расстегнул ремень. Она стянула с него штаны и вытащила его стояк из трусов. И тут же ухватила его ртом. Ковбоя бросило в жар, да так сильно, что он и не ожидал. Ее ногти слегка царапали бороздку на его мошонке, потом она взяла яйца в руку и стала играючи катать их в руке как шары.

Если она еще немного так поиграет, он тут же кончит.

«Погоди, — процедил он сквозь стиснутые зубы. — Я хочу, чтобы и тебе было хорошо».

Она отпустила его естество и подползла по нему повыше, ртом к его уху.

«Кончи мне в рот, Ковбой. Хочу попробовать, какой ты на вкус».

Он что-то невнятно прорычал, схватил ее за плечи и толкнул снова вниз. Какой там самоконтроль, когда от ее сексуальных игрищ уже сперма ударила в голову. Когда его стояк снова оказался у нее во рту, он охнул и толкнул его в горло. Усилием воли он убрал свои руки с ее головы, однако она вернула их на место.

Его член двигался у нее во рту мощным насосом, погружая головку в самое горло, в то время как она сосала и щекотала его кончиком языка. Потом ее ногти вернулись к мошонке. Она нежно сжала его яйца, выдавливая из него мужские соки. И он с криком небывалого облегчения кончил.

9

ГЛАВА 9

Шарлотта улыбнулась в темноте и прижалась к боку Ковбоя. Он был горячий и потный, и тяжело дышал.

Да, она добилась своего. Его самоконтроль и доводы разума рухнули, и она была крайне довольна этим.

Так бы все время и лежала в его объятиях ночи напролет. Она уже и припомнить не могла, когда она в последний раз так торчала от секса вместо вечных сомнений и неисполненных желаний.

Нет уж На хрен все эти мысли о прошлом.

Лови момент здесь и сейчас.

Она повернула к нему голову, поцеловала его в грудь и вздохнула.

Ковбой в ответ поцеловал ее в макушку. Его рука потянулась вверх погладить ее по спине. Ей было так уютно, что она, должно быть, задремала. Когда она вновь открыла глаза, она лежала на спине, а Ковбой, приподнявшись на локте, смотрел на нее в тусклом свете луны.

Что луна творит с людьми!

Он гладил ее лицо, шею, скользил рукой вниз до

живота. Неспешно, с чувственной нежностью, целовал ее в губы, пробуждая в ней новую волну желания. Его рука скользнула ниже, раздвигая ее ноги и лаская пальцами чувствительные укромные уголки ее тела.

Когда он добрался до ее бутона, она уткнулась в подушку и стала тихо постанывать. Его пальцы лениво поддразнивали ее, прежде чем войти в ритм, который сулил гораздо большее.

Ковбой сполз пониже между ее ног и добрался губами до самых потаенных местечек ее естества. И принялся ласкать ее языком. Затем его палец лег на вход в ее тайные глубины, осторожно исследуя его и слегка погружаясь внутрь, пока страсть и похоть полностью не овладели ей.

«Ну же, Лео», — прошептала она.

Его палец медленно погрузился в ее сочное нутро.

«Ты хочешь так?».

Ее спина выгнулась дугой на матрасе.

«Да».

«Скажи, что тебе этого мало».

«Совсем мало. Трахни меня рукой».

Он добавил еще один палец, а может и больше, почем ей знать. Они растянули вход и заполнили ее изнывающую желанием пустоту внутри, нежно щекоча ее точку G, пока она едва не кончила.

Шарлотта истекала соком и была уже готова принять хоть черта рогатого.

Ковбой подался вверх по ней и одним сильным толчком вошел в нее по самое не балуй.

Шарлотта зашлась в экстазе и, едва дыша, принимала в себя его глубокие неистовые толчки. Он был в полном улете — тот размер, которым она давилась при оральном сексе, теперь на всю длину теперь был на своем месте.

Она содрогнулась всем телом и быстро внезапно кончила, продолжая подергиваться и пульсировать в ритме оргазма.

«Так легко тебе не отделаться», — прохрипел он ей в шею.

«Да я пока только разогреваюсь».

Он перекатился на спину, увлекая ее за собой, и она задала новый ритм в позе наездницы. Каждый толчок снизу подбрасывал ее вверх. Его руки сжимали ее груди, ее бедра двигались сами по себе, она вновь во весь галоп скакала к неотвратимому оргазму.

И он сотряс все ее тело. Ковбой перекатил ее на спину, продолжая резкими толчками ублажать ее и поддерживать утихающие всплески ее оргазма, пока с содроганием и невольным рычанием не кончил сам.

Они так и лежали, не размыкая тел. Шарлотта улыбалась, удерживая его в себе и распластавшись под его весом. Когда он приподнялся на локтях и поцеловал ее, она удовлетворенно вздохнула. Все, сыта по горло. Она едва могла двигаться.

Ковбой перекатился на бок, обнял ее, и она тут же уснула.

10

ГЛАВА 10

Ковбой возвращался в свою каюту — над океаном висели низкие облака, которые закрывали утреннее солнце. Было еще тепло, но уже потягивало прохладным ветерком, которого накануне не было. Наверное, приближался шторм.

Он поставил чашки с кофе одну на другую, открыл картой-ключом дверь и вошел в каюту.

Эбби сидела на диване.

«Кажется, не мне одной свезло прошлой ночью», — усмехнулась она.

«А где королевская семья?», — поинтересовался Ковбой.

«На экскурсии по машинному отделению с двумя членами экипажа из службы безопасности. Харрисон решил, что мне надо отдохнуть. Они еще с час там пробудут».

«Спасибо, Эбби. Я подменю тебя в обед за то, что утром меня не было».

Она пожала плечами.

«Да какие проблемы. Знаешь, если бы у меня появилась куколка, которая хочет провести со мной ночь, я бы и сама попросила тебя подменить меня».

Ковбой не был приверженцем строгих правил, но такое простецкое отношение к нарушению устава и субординации несколько покоробило его. Он был военным моряком и даже при необходимости нарушить правила всегда проявлял осторожность и осмотрительность.

Он отодвинул эту мысль на потом и поставил кофе рядом с Эбби.

«Не знаю, нравится тебе такой или нет».

«Эта красотка, — сказала Эбби. — У тебя с ней что-то серьезное?».

«Много будешь знать, скоро состаришься».

«Да просто почесать языками. Ты же уже знаешь про мою личную жизнь, а вернее про ее отсутствие».

Он молча уставился на нее.

После неловкого молчания она сказала:

«Не суй свой нос не в свое дело, да?».

«Да».

Он сел на кровать и достал из кармана свой сотовый.

«Свяжусь с Группой коммандос».

«Не свяжешься. Сотовая связь не работает. Wi-Fi тоже».

Ковбой нахмурился.

«Когда связь отрубилась?».

Она пожала плечами.

«Да с час или два назад».

«Ты узнала в службе безопасности, в чем там дело?».

«Может, просто глюк какой».

«Глюк или нет, это нарушает нашу связь между собой, а значит и влияет на наши возможности по охране королевской семьи».

Ковбой очень надеялся на то, что до Эбби это дойдет.

«Пойду узнаю у Харрисона».

Ковбой спустился по лестнице на два пролета и оказался на открытой палубе. Моросил дождь, его капли освежали лицо. Он вспомнил тот лучистый лунным свет прошлой ночью, когда он впервые оказался в каюте Шарлотты. Пока они мирно спали, к ним приближался грозовой фронт. Ему пришла в голову мысль, уж не знамение ли это какое.

Да ладно тебе.

Решение принято. Один раз они уже переспали, и надо быть полным идиотом, чтобы испортить себе эту неделю с Шарлоттой постоянными сомнениями и самокритикой. Разумно это было? Безопасно? Уж точно нет.

Но зато как охрененно!

Он ухмыльнулся. У них еще шесть дней впереди, и он не упустит ни одной минуты защибического секса с ней. Ковбой на мгновение почувствовал себя виноватым. Он же не в отпуске, он на задании Группы коммандос, и это его первейшая обязанность. Ну так и на задании полюбому надо когда-то спать. Так почему бы не спать с Шарлоттой под боком?

Или под ним.

Или на нем.

В голове всплыла картинка, как она объезжала его прошлой ночью. Такая страстная фемина, откровенная и бесстыдная. У него зашевелилось в штанах, и он поспешил выбросить эти мысли из головы.

Он надеялся, что связь скоро восстановят. Все моментально может пойти наперекосяк, если у него не будет связи с Эбби по мобильнику, а самого его не будет в своей каюте.

Он вспомнил люкс Шарлотты с большой гостиной и

даже мини-кухней. Логан что-то говорил о том, что его сестра получила кругленькую сумму при разводе, и что его бывшему зятю так и надо за то, как он с ней обошелся.

Похоже, что Шарлотте пришлось хлебнуть горя, хотя почем ему знать — то ли от замужества, то ли от развода.

А тебе оно надо, совать в это свой нос?

У них же просто перепихон, а не любовь. Шарлотта сама так сказала, а он и согласился. Он не совсем понимал правила этой игры, но вряд ли стоит копаться в ее прошлом в поисках ответов.

Полегче на поворотах.

Попроще в общении.

Покруче в сексе.

Он улыбнулся и толкнул безымянную дверь. За ней тянулся длинный коридор со множеством других дверей. Администрация лайнера «*Жемчужина морей*». Он добрел до кабинета Харрисона и постучался. Дверь открыл незнакомый мужчина в форме члена экипажа.

«Слушаю вас».

«Мне нужен Харрисон».

«Мне очень жаль, сэр, но мистер Харрисон...».

«Все в порядке, Николас, — раздался голос из-за его спины. — Пусть войдет».

Что-то в голосе Харрисона заставило Ковбоя не на шутку встревожиться. Ему пришлось за свою жизнь побывать в таком количестве передряг, что он нутром чуял опасность за версту. Ощущал ее физически, как чье-нибудь присутствие.

«Что тут происходит?», — спросил Ковбой.

У стены за столами сидели еще два парня, которые работали за компьютерами с кучей экранов.

Харрисон скрестил руки на груди.

«Я как раз собирался разыскать тебя. Хотел позвонить, но связи, как ты уже заметил, нет».

«Поэтому я и пришел».

«Поэтому и мы все здесь. Возникла проблема, Лео. Сотовая связь и Wi-Fi отключены намеренно».

«Кем?».

«Вот именно, и зачем. Черт, мы из штанов выскакиваем, чтобы восстановить связь, но ни хрена не получается. Какой бы идиот это ни сделал, он запустил в систему вирус, который угробил наши компьютеры. Теперь они не обмениваются данными со спутниками, и мы оказались отрезаны от всего мира».

Ковбоя бросило в холодный пот.

«Не похоже на детские шалости».

Харрисон покачал головой.

«Какое там. Этот козел профессионал, и на подготовку ушла куча времени. Часы и часы работы программистов».

«Кому это надо? И зачем?».

«Остается только гадать».

Харрисон в сердцах выругался.

«Интуиция подсказывает мне, что это еще не все. Что это только начало».

«У меня такое же чувство».

И невозможно узнать, связано ли это как-то с королевской семьей или нет.

«Получится починить сеть?».

«Пока что нет. Чем больше мы стараемся, тем больше камер видеонаблюдения выходит из строя».

Ковбой насторожился.

«Не понимаю, как это связано между собой».

«Вот и я не понимаю. Похоже, что это заложено в вирус. Типа наказание за попытку избавиться от него».

Зазвонил телефон Харрисона.

«Извини, мне надо ответить».

И он вышел из комнаты.

Ковбой посмотрел на сидящих за компьютерами специалистов. Они были по уши погружены в работу и что-то делали, не отрывая глаз от экранов перед ними. Ковбой готов был поспорить, что никто из них не программист, и считал про себя, что их шансы вернуть систему связи в рабочее состояние пятьдесят к одному.

Он подошел к стене с экранами. Очевидно, это были записи с камер наблюдения по всему кораблю. Почти четверть из них были темными. Он уставился на один из черных экранов, мысленно оценивая ситуацию.

Убит член экипажа. Само по себе это может быть никак не связано с кораблем в целом. Но злонамеренная атака на систему связи все меняет — связь между этими двумя событиями становится намного вероятнее.

Он вспомнил о толстой папке, которую Логан дал ему перед круизом. Информация о принце и принцессе, полученная Группой от матери принцессы, которая привлекла коммандос к выполнению этого задания.

Общие сведения о королевской чете и текущих угрозах для Британской империи. В досье четко обозначены некоторые давние политические обиды, упомянута горстка чокнутых королевских критиканов и указана повсеместная угроза глобального терроризма.

Терроризм.

Принц Хьюго — член французского парламента, принцесса Виолетта — младшая дочь принцессы Марии. Будучи вместе, они объединяют два великих семейства. Что само по себе совсем неплохо, если такое объединение происходит мирным путем.

Если же кому-то этого не хочется, то захват роскошного круизного лайнера, на котором молодая и красивая королевская чета начинает свою совместную жизнь, может стать отличным поводом для жестких заявлений, особенно учитывая тысячи невинных людей на борту.

«Уилсон».

Харрисон жестом позвал Ковбоя к себе, закрыл за ним дверь и повел его в переговорную комнату.

«Звонил капитан, — он тяжело вздохнул. — На корабле только что перестала работать радиосвязь».

11

ГЛАВА 11

«Как, черт побери, такое возможно?», — возмутился Ковбой.

Харрисон упал в кресло.

«Хорошо обученному диверсанту не составит труда вывести из строя нашу радиосвязь. Трудность лишь в получении доступа. Чтобы вывести из строя наши радиоприемники, у него должен быть доступ на мостик и возможность обойти компьютер. То, что они не дураки в компьютерах, мы уже поняли».

«Что, все вот так просто?».

«Вовсе нет, поверь мне. Защита на защите. Двойная и тройная проверка, чтобы этого не случилось».

«У кого есть доступ на мостик?».

«У меня. У капитана и у первого помощника. И еще у десятка других членов экипажа, которые там работают. Под подозрением никого нет».

«И все же кто-то из них сделал это. Но зачем?».

«Вот именно, зачем».

«Из-за королевской четы».

Начальник службы безопасности кивнул.

«Возможно. Может, это террористы. На борту вместе с членами королевской семьи...».

«И тысячами беззащитных заложников...», — добавил Ковбой.

«Хотят привлечь мировое внимание».

«Мне нужно вызвать подкрепление из Группы коммандос. И связаться с властями».

«Нереально. Система связи...».

«У меня есть телефон со спутниковой связью».

Харрисон перекрестился.

«Тогда ты наш спаситель милостью божией. Можно я позвоню после тебя? В круизную компанию, сообщу о наших проблемах».

«Не вопрос».

Ковбой вернулся в свою каюту. Отключил свой спутниковый телефон от зарядки и вышел с ним на балкон в поисках сигнала.

Экран не загорался.

«Что за херня?», — пробормотал он себе под нос, безрезультатно нажимая кнопки.

Прошлым утром телефон точно работал, когда он ставил его на зарядку, а теперь вдруг сдох.

Вот тебе и спаситель милостью божией.

Он обязан связываться с Группой коммандос дважды в день. Теоретически, отсутствие звонка от него должно насторожить команду. Ковбой смотрел на безбрежное море и пытался успокоить себя тем, что его невыход на связь сработает в Группе коммандос как сигнал тревоги, требующий немедленных действий.

Он вернулся в каюту и снова поставил телефон на зарядку, на всякий случай. И едва не столкнулся с Эбби.

«А ты что здесь делаешь?», - удивился он.

Она закусила губу, как подросток.

«Ты только не злись. Не могу нигде найти королевскую семью. Я уверена, что с ними все в порядке, просто не знаю, куда они пошли».

Ковбой выпучил на нее глаза.

«Почему ты оставила их без присмотра?».

«В туалет захотела. Терпела, сколько могла, но ты не вернулся, а телефон не работает».

«Твою ж мать!».

«Да они скоро сами объявятся. Извини, Лео».

«Все гораздо хуже, чем ты думаешь, — сказал он. — Кто-то специально вырубил Wi-Fi и сотовую связь. Вероятно, тот же козел, который отключил корабельную радиосвязь».

«Как, радиосвязи тоже нет?».

«В голове не укладывается, что ты оставила их без присмотра. Одного здесь уже убили».

«Но ты же сам сказал, что нам это до фонаря! Драка между членами экипажа или типа того».

«Я сказал это до того, как посыпалось все остальное дерьмо».

Ковбой открыл ящик стола и достал пистолет, задержавшись на минуту, чтобы пристроить кобуру под рубашкой. Есть ли оружие еще у кого-нибудь на судне? Они с Эбби при посадке прошли мимо металлоискателей для пассажиров, но бандиты тоже могут быть вооружены.

«Возьми оружие, — сказал он. — Неизвестно, как все пойдет дальше. Возвращайся на палубу с бассейном и поищи их там. Не уходи оттуда, что бы ни случилось. Я свяжусь с тобой в течение часа».

«А ты куда?».

«Проверю их каюту».

«Принца и принцессы? Они же не должны знать, что мы их охраняем».

«Ну так, если они ответят на стук, скажу, что ошибся дверью. Господи, Эбби. Гораздо важнее найти их».

Перепрыгивая через две ступеньки сразу, он поднялся на пляжную палубу. Идти снаружи гораздо быстрее, чем по коридорам лайнера.

Вряд ли Эбби продвинется по службе в Группе коммандос, но в одном Джакс прав. Им нужны женщины в команде. Привлекать кого-то со стороны, как Эбби, когда в операции требуется участие женщины, слишком опасно.

Он велел себе успокоиться. Может, конечно, спаси и сохрани, господи, королевская чета удалилась в свою каюту, чтобы немного заняться сексом в медовый месяц и вздремнуть, однако голова Ковбоя уже прокручивала другой, более драматичный, сценарий, и ему нужно было убедиться самому, что с ними все в порядке.

Он миновал высокие водные горки аквапарка и огороженную баскетбольную площадку и подошел к частному лифту. И спустился на нем на три этажа ниже, где располагалась одна из самых роскошных кают лайнера, которую на время круиза занимали принц и принцесса.

Ковбой постучал в дверь, но ответа не последовало. Он постучал еще раз. Убедившись, что внутри никого нет, он вытащил из кармана ключ-карту, которую Харрисон дал ему, когда он садился на корабль, и открыл дверь.

И застыл на месте — в каюте все было вверх дном. Здесь явно была драка. Судя по всему, нехилая битва. Картина на стене висит криво, по всему полу разбросаны подушки с дивана. Стеклянный журнальный столик треснул.

Ковбой выхватил пистолет и обошел всю каюту — кузню, небольшой кабинет, главную спальню и ванную. Везде было пусто.

Он с семиэтажными матами вернулся в гостиную и в ярости пнул диван. Члены королевской семьи, которых его послали охранять, исчезли.

Ему срочно нужна поддержка, но связаться с Группой коммандос невозможно. Он должен выходить на связь с Группой дважды в день. Поймет ли Логан, что пропущенный сеанс связи означает большую проблему?

Ему нравился Логан. Этот парень был умницей — умнее кого угодно из окружения Ковбоя. Но ему еще предстояло на деле доказать, что он очень ценный кадр, в чем сам Ковбой и не сомневался.

Давай, Док. Разберись с этим дерьмом, иначе мы все пойдем на дно.

В прямом смысле.

12

ГЛАВА 12

Джакс уставился на фотографию, которую Джесса только что прислала ему на телефон — спящая у нее на руках малышка Эмили, и нежно потрогал экран пальцем. Он никогда раньше не думал, что способен так сильно любить, настолько обожать, говоря обобщенно, женщину и ребенка.

Его дочери еще и месяца нет, а он уже знает, что не будет скучать по своей работе в Группе коммандос и вполовину так сильно, как думал раньше. Теперь он готов стать героем совсем в другой роли.

В роли отца.

А скоро еще и мужем станет. Он уже выбрал кольцо и просто ждал подходящего момента, чтобы встать на одно колено и попросить Джессу выйти за него замуж.

Уже столько переговорено между ними об этом, что сюрприза не получится. Да что там скрывать, он практически умолял ее об этом всю вторую половину ее беременности. И вот теперь, когда этот момент почти настал, ему не терпелось официально стать ее мужем и обрести свою семью.

Ковбой всегда отлично справлялся с управлением Группой коммандос в отсутствие Джакса. Да, Лео готов взять на себя ответственность, уже зарекомендовал себя на этом поприще. Если и было что-то, что тормозило принятие Джаксом окончательного решения о передаче командования Группой, так это его собственная привязанность к ней, а не способность Ковбоя справиться с новой для него должностью.

Группу коммандос надо пополнять новыми кадрами. Принять на службу пару женщин, это уж точно, и еще одного мужчину. Найти таких, кто сможет вывести возможности команды на новый уровень. А учитывая долгосрочное задание, на которое он только что согласился отправить Маттео, ему понадобится еще один пилот.

Он откинулся на спинку кресла, которое скрипнуло под его весом. Наверное, надо бы сказать Маттео о предстоящем задании. Задание не из тех. к которым привык Джакс, а совсем необычное — его старому другу нужна помощь.

Нужен муж для его дочери.

Точнее, якобы муж. Джакс придерживал это при себе, пока не настанет время отправлять Рыжего на задание под прикрытием. Не стоит преждевременно заставлять одного из своих лучших бойцов волноваться по поводу свадьбы.

Он рассмеялся про себя и посмотрел на часы. Надо позвонить Джессе и узнать, как у нее дела. А еще лучше поехать домой самому пораньше. В штабе Группы не происходит ничего такого, что важнее его семьи.

Дверь кабинета распахнулась, и вошел Логан, вид у него был явно встревоженный.

«Сэр, возникла проблема».

13

ГЛАВА 13

тебя что, рука сломана?», — спросил Джакс, приподняв брови и выразительно показывая взглядом на дверь.

«Я, это, извиняюсь, сэр».

Логан взъерошил рукой свои волосы.

«В чем дело?».

«Ковбой в беде. Нам только что позвонил начальник Академии, которого полиция Нью-Йорка только что уведомила о том, что Эбби Грейнджер была найдена мертвой в своем гостиничном номере сегодня утром в двух милях от терминала круизного лайнера, где она должна была сесть на борт «*Жемчужины морей*» вместе с Ковбоем».

Джакс вскочил с места.

«Ты же вроде докладывал, что она уже на борту?».

«Так точно, сэр. Вчера Ковбой на первом сеансе связи сказал мне, что она на борту. Однако по данным полиции она была уже мертва как минимум за двенадцать часов до посадки на судно».

«Твою же мать!, — громко выругался Джакс. — Так это не она!».

«Нет, сэр, и ситуация еще хуже. Сегодня Ковбой не вышел на связь».

Логан тяжело сглотнул пересохшим горлом. Как он сразу не сообразил. Надо было сразу понять, что что-то не так, еще до звонка про смерть Эбби.

«После звонка из Академии я сразу же попытался связаться с Ковбоем по мобильному телефону. Он не отвечает».

«Так попробуй по спутниковому».

«Я пробовал. И пытался дозвониться до начальника службы безопасности судна по его сотовому и прямому номеру. Потом пробовал дозвониться до его помощника. Бесполезно».

Джакс наклонился вперед, обхватив стол руками.

«Бога ради, так свяжись по радиосвязи с капитаном».

«Я связывался. Он сказал, что на судне все в порядке».

Логан подошел еще на два шага к столу и взглянул на Джакса.

«Только мне кажется, что этот якобы капитан был подставной».

Джакс краем глаза глянул на него.

«Ты о чем?».

«Я думаю, что круизный лайнер захвачен, сэр».

«Захвачен?».

«Так точно, сэр».

«Что именно сказал тебе капитан, что ты решил, что он подставной?».

Логан переступил с ноги на ногу.

«Да сказать-то.., ничего особенного он не сказал. Но когда я назвал себя сотрудником Группы коммандос, повисла пауза».

«Пауза? И что тут такого? Многие допускают паузы в речи. С какого хрена делать вывод, что этот огромный гребаный круизный лайнер захвачен из-за какой-то там, блин, паузы».

Логан стиснул зубы. Он боялся, что Джакс его не послушает. Никто из парней пока не воспринимает его всерьез, а эту ситуацию никак нельзя проигнорировать.

«Смотрите глубже, сэр!».

Он знал, что переступает при этом черту дозволенного. Черту, которую надо переступить, чтобы заставить Джакса действовать.

«Нам известно, что Эбби — подставная, — сказал он. — Неужели так уж сложно предположить, что она там не одна такая?».

Джакс молча смотрел на него.

Черт, хотя бы слушает, и то хорошо.

Логан понизил голос.

«Что бы там ни случилось, у Ковбоя нет доступа к связи по телефону. На вызов по корабельной радиосвязи должен отвечать только капитан, первый помощник или кто-то из службы безопасности. Все они знают, что на борту есть наш агент. Никому из них пауза на раздумья не нужна. Ни на секунду».

«Ты связывался с круизной компанией? У них есть какие-то опасения?».

«Связывался. Экипаж сообщил им о проблеме с навигационной системой. Они уже отклонились от курса более чем на пятьсот миль и продолжают уходить в сторону. Говорю вам, этим кораблем управляет кто-то чужой. Принц и принцесса в опасности».

«Если ты прав, Логан, они все там в опасности».

Он тяжело опустился в кресло и стал в задумчивости поглаживать подбородок.

«Скажи Рыжему, чтобы готовил птичку. Я позвоню в Береговую охрану. Нам понадобится их помощь при встрече с кораблем».

Логан выпятил грудь и развернулся, чтобы выйти из кабинета.

«Молодец, Док».

«Благодарю, сэр».

«Но в другой раз лучше стучись в мою гребаную дверь, иначе получишь пинка под зад».

14

ГЛАВА 14

На мостике круизного лайнера было пугающе пусто, если не считать капитана и первого помощника, и своим видом они скорее напоминали скорбящих у гроба. Длинный ряд мониторов выводил изображения с тех камер наблюдения, которые все еще работали. Они шли вперемешку с черными экранами, зловещими и пугающими своей пустотой.

Капитан стоял спиной к Ковбою, глядя в окна мостика на плотно обложенное облаками серое небо.

«Так ты говоришь, что это мятеж? Что члены команды захватили мой корабль?».

Он обернулся.

«И сделали это так тихо, что я и не заметил?».

Он подошел к штурвалу и нажал несколько кнопок.

«Боюсь, что так, сэр».

Ковбою совсем не хотелось видеть его таким, того самого капитана, который выглядел столь уверенным и гордым, когда они встретились в Нью-Йорке.

«Это мой последний рейс. Ты знал об этом? Последнее плавание, завершающее мою тридцатилетнюю карьеру. Поэтому мне и дали порулить этим флагманским судном. До этого я служил на флоте. Моряк. Не водолаз, как ты. Всегда хотел только управлять кораблями».

Капитан нахмурился.

«Он не реагирует».

«Кто?».

«Корабль. Не реагирует на команды. Мы отклонились от курса. Я пытался скорректировать вручную, но он не меняет курс».

Ковбой встал позади капитана, глядя вперед через его плечо. Было ясно, что капитан не в силах поменять курс.

«Они и управление кораблем захватили?, — спросил капитан. — Чудо инженерной мысли, выхваченное прямо из моих рук».

«Можно попытаться вернуть его на прежний курс, но мне понадобится ваша помощь. Наши бойцы из Группы коммандос попробуют перехватить судно».

Капитан резко повернулся к нему.

«Разве это возможно?».

«С вашей помощью. Им надо высадиться на корабль. Как это лучше сделать?».

«Если по воздуху, то на вертолетную площадку. Если по морю, то как-то привлечь наше внимание».

Первый помощник встал.

«Мы не можем замедлить ход, и уж тем более остановиться. Посадить вертолет на движущееся судно чертовски сложно даже для пилотов мирового класса».

«За это не переживайте. Наш пилот — один из них, — ответил Ковбой. — Если кто и сможет посадить вертолет в таких условиях, так это наш Рыжий».

Капитан повернулся к первому помощнику.

«Бодро, подготовить тросовое оборудование и очистить вертолетную площадку».

Он снова повернулся к Ковбою.

«Обычно она открыта для посетителей как смотровая площадка, но сейчас приближается шторм».

Он снова окинул взглядом горизонт.

«Есть предположения, когда может прибыть Группа коммандос?».

«Нет, сэр».

«Надеюсь, что скоро. Этот шторм не заставит себя долго ждать. Твои товарищи могут не пробиться через него».

15

ГЛАВА 15

Ковбой спустился на лифте на пляжную палубу и тут же понял, что напрасно вышел наружу. Серое, моросящее дождем небо разрывали грозные вспышки молний быстро приближающегося шторма, который вот-вот накроет круизный лайнер. Вдалеке прогремел гром, из мрачно нависших над морем туч в воду ударила молния.

Капитан был прав. Вряд ли Группе коммандос удастся добраться до судна.

Ковбой почти бегом, стараясь не поскользнуться на мокрой палубе, пересек добрую половину длины корабля. На палубе уже вовсю свирепствовал ветер, швыряя ему в лицо брызги дождя.

Наконец он добежал до прикрытой сверху козырьком площадки лифта, нажал на кнопку и отряхнул мокрую одежду. Потом снова посмотрел на море, где громыхнул новый раскат грома.

В такой шторм оторванность от остального мира ощущалась еще острее — вокруг, насколько хватало взгляда, не было ни души. Был только он сам, неведомый враг, и неизвестная судьба, которая ждала всех впереди.

И Шарлотта.

Разве забудешь Шарлотту.

Сердце у него екнуло. Как бы ни было ему хорошо с ней, это несложное задание превращалось во что-то зловещее, и ему отчаянно хотелось, чтобы ее не было на борту. Дурное предчувствие, которое он испытывал с тех пор, как было совершено убийство, со временем только усилилось. На кой черт Шарлотте сдался этот круиз — теперь и она попала в передряги, которые, как он чувствовал, окутывают «*Жемчужину морей*».

А если бы ее здесь не было, ты бы вообще хрен когда оказался с ней.

Казалось бы, потрахались да и ладно. Но, по правде говоря, он чувствовал, что влюблен в нее. А как тут не влюбиться? Смелая и дерзкая, что на уме, то и на языке — все это было Ковбою очень даже по душе.

Может, будут и дальше встречаться после возвращения в Атланту. Ужин и кино, что-то вроде этого. Он уже сто лет не встречался ни с кем всерьез, но для Шарлотты можно сделать исключение.

Ковбой вспомнил о Логане и нахмурился. Ничего хорошего из этой затеи не выйдет, тем более теперь, когда Ковбой должен стать командиром. Уж лучше встречаться потихоньку, и чтобы все было шито-крыто, чем портить отношения со своими подчиненными.

А точно лучше? Он потряс головой, стараясь избавиться от этих мыслей.

Ему нужен план действий — как найти принца и принцессу и узнать, кто захватил управление кораблем. Двери лифта открылись, и он вошел в него. Надо найти

Харрисона, Эбби и Шарлотту. Они единственные, кто может помочь ему в выполнении этого задания.

16

ГЛАВА 16

Шарлотта опустилась поглубже в пузырьки большой гидромассажной ванны и пальцем ноги выключила подводную подсветку. Она была рада тому, что может потратить эти говенные деньги, полученные от Рика, на такой супер-пупер люкс.

И порадовать тем же самым Ковбоя.

Пусть даже и только ночью. Она взяла бокал шампанского и сделала большой глоток. Всего-то два дня в море, а она уже наотдыхалась по горло.

Время близилось к ужину, и Шарлотта надеялась, что Ковбой присоединится к ней за столом.

Типа свидания, что ли?

Сегодня у нее было достаточно времени обо всем подумать — может, даже больше, чем достаточно. И большую его часть она провела в размышлениях о том, как сильно ей нравится Лео Уилсон. Опасные мыслишки для того, кто хочет только потрахаться.

Она же лишь оттягивается по полной. И все дела. Рик и Ковбой были как небо и земля, при этом небо было за Ковбоем — рыцарь в гребаных сияющих доспехах. Не то чтобы она была влюблена в него. А точно нет? Она повернулась на бок в ванне и распустила волосы в воде.

Ну он же такой терпеливый и добрый. Смех, да и только. Такой обходительный. И что с того? Надо хвататься за него как за спасателя, когда тонешь?

Да я просто хочу пригласить его на ужин. Безо всяких там поползновений.

Черт, если бы Ковбой не работал вместе с Логаном, она могла бы пойти на это и встречаться с ним и дальше после круиза, но зачем ей усложнять жизнь и своему брату, и Лео. Лучше уж выжать все, что получится, из этой недели и на том и успокоиться.

Раздался отдаленный стук в дверь. Шарлотта резко села в ванне, и от этого быстрого движения у нее закружилась голова. Вода была горячая, а она довольно давно просидела в ней. Она выбралась из ванны, завернулась в большое пушистое полотенце и пошла открывать дверь

На пороге стоял Ковбой, и ее щеки зарделись. Это был ее любовник, мужчина, от физической близости с которым она улетала выше, чем с кем-нибудь другим за последние годы, и ее тело тут же отреагировало на него, как верный пес реагирует на появление своего хозяина.

Она отступила в сторону, давая ему войти.

«А я как раз думала о тебе, — сказала Шарлотта. — Занят ты или нет сегодня вечером. Может, поужинаем вместе?».

Затаив дыхание, она ждала его ответа.

Он обернулся, его лицо явно выражало беспокойство.

«Что-то случилось?», — спросила она.

«Принц и принцесса пропали, кто-то вывел из строя системы связи корабля, а под палубой произошло убийство».

«Как это?, - она прижала руку к груди. - Что за безумие!».

«Нам нужна поддержка. Но я не могу связаться с Группой коммандос. Надеюсь, они сами поймут, что здесь проблема, и высадятся на судно, но при такой погоде хрен высадишься».

Шарлотта присела на край дивана.

«Какому идиоту такое придет в голову? Чего они добиваются?».

«Пять тысяч невинных людей в заложниках. Что за отморозки!».

Шарлотта взглянула на него.

«Террористы».

Он кивнул.

Страх камнем придавил ее. Террористам никого не жаль. Им плевать на безвинные жертвы. Они злом рождены и зло порождают.

«Я могу чем-то помочь?», — спросила Шарлотта.

«Одевайся и пошли со мной. Надо найти Харрисона и Эбби и решить, что делать».

17

ГЛАВА 17

Командующий силами Береговой охраны скрестил руки на груди.

«Это международные воды. Мы не можем отправить туда свои силы и высадиться на корабль только потому, что вы считаете, что на борту возникли какие-то проблемы».

Джакс придвинулся поближе к нему.

«Я все понимаю, сэр. Только я не считаю так, а точно знаю. Враждебные силы проникли на круизный лайнер и подвергают смертельной опасности жизни пяти тысяч пассажиров и двух членов британской королевской семьи».

«Тогда, может, вам стоит обратиться за помощью к британцам? Потому что я вмешиваться в это не могу. Это судно плавает под багамским флагом. Я связался с ними по радио и предложил помощь Береговой охраны США, но они отказались — надо сказать, весьма учтиво. Так что теперь, если я поверю вам на слово и высажусь на борт этого судна, это может быть воспринято как недружественный акт со стороны нашей страны по отношению к их стране. Вот такая у меня проблема».

Джакс прекрасно понимал его проблему, которая лишь усугубляла его собственные сложности. Без помощи Береговой охраны ему и его команде не остается иного выбора, кроме как самостоятельно высаживаться на борт круизного лайнера.

«В месте их дислокации шторм. Сильный дождь и молнии, плохая видимость. Но, похоже, самое худшее уже позади».

Твою ж мать!

Как в такой шторм посадишь невесть откуда взявшийся вертолет на круизный лайнер.

«Что ж, буду исходить из того, что есть. Благодарю за откровенность», — сказал Джакс.

Он сошел с мостика корабля ВМФ США *«Восторг»* и вернулся на пышущую жаром палубу. Остальные бойцы Группы коммандос поджидали его у вертолета.

Джаксу пришлось сделать больше десятка звонков и ссылаться не трех других официальных лиц, чтобы узнать точное местонахождение круизного лайнера и получить разрешение посадить свой вертолет на палубу *«Восторга»* в трехстах милях от *«Жемчужины морей»*. Никакие благости на свете не позволяли командующему военно-морским флотом производить высадку на борт судна другой страны без особого приглашения.

Джакс в сердцах сплюнул и присоединился к своей команде. Взглянул на Маттео.

«На круизном лайнере не желают нас принимать, так что Береговая охрана умывает руки. Единственный способ попасть туда — свалиться с неба на их вертолетную площадку без приглашения».

Хок присвистнул.

«Могут быть пострадавшие. Там тысячи гражданских».

Джакс кивнул.

«Вертолетная площадка расположена в носовой части, образуя как бы треугольник, по обеим сторонам которого вода. С третьей стороны наше появление могут заметить. Но меня не это волнует. Если они действительно нам не рады, они не будут останавливаться и ждать, как невеста в брачную ночь, пока мы не завалимся на них сверху. Судно будет на ходу».

Маттео поджал губы.

«Тебя интересует, смогу ли я посадить вертолет на движущееся судно? *Черт!* Какая у них скорость?».

Логан кашлянул.

«Максимальная крейсерская скорость 20 узлов, около 23 миль в час».

«Я знаю скорость в узлах и милях, Док», — сказал Маттео.

Джакс понял, о чем он спрашивает. Он всегда спрашивал об этом. Что мы в силах сделать, и готовы ли рискнуть своей жизнью ради успеха этой операции? Ни один из вопросов не требовал от него пояснений. Его бойцы знали, на что они подписались.

Он смотрел, как Рыжий обдумывает свой ответ. Маттео получил это прозвище за порыжевшую со временем красную мулету матадора, которую он хранил в своем шкафчике. Во время корриды мулета скрывает шпагу, так и у Рыжего всегда были в запасе его собственные скрытые шпаги.

«Сделаю, — сказал Рыжий. — Зависну на минуту, пока не подберу нужную скорость, и посажу нашу птичку на нос, без проблем».

18

ГЛАВА 18

Площадка больше напоминала уголок тропического острова, чем плавучего мегаполиса. Две прозрачные трубы водных горок повторяли изгибы и повороты друг друга и падали с верхних этажей корабля в бассейн в сотне ярдов от них.

Издали доносились радостные визги, кто-то пулей пролетел в потоке воды по прозрачной трубе над головой. Ковбой сидел с Харрисоном, Шарлоттой и Эбби за столиком под пальмой в оазисе пышной зелени.

Харрисон подался вперед на своем стуле.

«Не хочу больше разговаривать в помещении службы безопасности. Кто-то поддерживает связь с круизной компанией. Ежедневный сеанс связи и отправка отчетов».

Он отпил кофе, чашка в его руке подрагивала.

«Я думал, что радиосвязь не работает», — сказал Ковбой.

«Есть обязательные протоколы. Если бы мы совсем перестали выходить на связь, они бы прислали помощь, чтобы найти нас, но никто не появился. Значит, кто-то выходит на связь с ними».

Шарлотта постучала ногтями по столу.

«То есть, радиосвязь работает, просто перехвачено управление».

«Так и есть, — ответил Харрисон. — И нам известно, что навигационная система под их контролем. А что, если это еще не все?».

Ковбой насупил брови.

«А что еще?».

«Может, захвачена не только радиосвязь. Мы считаем, что их вирус поразил наши камеры наблюдения. Но почем знать, может, они тоже взяли их под свой контроль».

Мысль о том, что скрытый враг может наблюдать за всем, что происходит на корабле, не могла не нервировать. Ковбой вспомнил о том, что первый помощник готовит вертолетную площадку для приема вертолета Группы коммандос, и почувствовал острую тревогу за своих боевых товарищей.

«Прямо как второй капитанский мостик», — сказала Шарлотта.

Ковбой покачал головой.

«Надо кое-что прояснить. Судно кто-то захватил, то ли одиночка, то ли группа, и мы понятия не имеем, кто это. Как, блин, такое может быть?».

«И что теперь делать?», — спросила Эбби.

«Сколько кают на судне?», — поинтересовался Ковбой.

«Две тысячи семьсот восемьдесят, не считая экипаж».

Слишком много, чтобы ходить от двери к двери, особенно учитывая, что те, кого они ищут, могут спокойно менять каюты. Ковбой лихорадочно думал, перебирая в уме возможные варианты. Перед ними стоит неподъемная задача при полном отсутствии ресурсов для ее выполнения.

Шарлотта подалась вперед.

«Я тут подумала, когда я утром хотела высушить волосы, то с трудом нашла розетку в своей каюте. Все обыскала и нашла всего две».

«Пять тысяч пассажиров, слишком большое потребление энергии, — отозвался Харрисон. — Поэтому мы стараемся это как-то ограничить».

Шарлотта сдвинула очки от солнца на лоб.

«Так то, о чем идет речь — все эти мониторы, радиоприемники и компьютеры — жрет до хрена энергии».

Харрисон вскинул голову.

«Точно! Нам не надо шмонать все каюты, потому что в большинстве из них нет такой мощности, которая нужна этим отморозкам для их черного дела».

«Сколько кают тогда исключается?», — спросил Ковбой.

«Да почти все. Остаются только самые роскошные. С десяток, а может и того меньше. Ну и рестораны, казино, театры со всей их иллюминацией. Но возможный список резко сужается».

«Тогда с этого и начнем».

Ковбой встал.

«Держимся все вместе. Слишком рискованно действовать по одному, раз между нами нет связи».

Харрисон кивнул.

«Согласен. Тогда вперед».

19

ГЛАВА 19

Шарлотта стянула волосы в так называемый конский хвост и уже пожалела о том, что не надела обувь попроще. Высоченные босоножки на танкетке выглядели классно, но после почти четырех часов ходьбы по судну размером с ее родной город она бы с радостью раскошелилась на пару хороших кроссовок.

Ни в одном из роскошных люксов дверь не открыли, и они отправились дальше по кораблю в поисках таких местечек, где достаточно мощное электропитание и где при этом его можно тайком использовать для своих целей.

В театре «Звездочёт» давали представления в бродвейском стиле, там же выступала французская труппа акробатов. На главной сцене две девушки крутились на канатах, свисающих с высокого потолка, а толпа охала и ахала под громкую музыку.

Харрисон прошел закулисную зону и несколько коридоров, пока не оказался в помещении типа операторской по освещению.

«Ничего подозрительного, — сказал он. — Пошли в игровой зал».

Шарлотта закатила глаза. Она знала, где находится игровой зал, до него придется протопать больше половины длины судна. Придумал бы какой-то логичный план обхода, а не водил их кругами ада.

«Подождите».

Она подошла к окну с видом на сцену, трюки акробатов завораживали даже глядя отсюда.

«Сниму обувь. Можно же и босиком носиться за козлами».

Она наклонилась, чтобы расстегнуть босоножки, и ее взгляд привлек какой-то маленький красный огонек. Шарлотта присела на корточки и заглянула под стол оператора — там был какой-то предмет прямоугольной формы с отходящими от него проводами и цифровым таймером.

Похоже на бомбу.

Да прям там. Настоящие бомбы всегда маскируют под что-нибудь эдакое. Наверное это муляж, театральный реквизит.

Ковбой и Харрисон поднимут ее на смех, но Эбби может и поддержит.

«Эй, парни. Взгляните-ка сюда. Это же не бомба?».

Мужчины присели на корточки по обе стороны от нее. Ковбой вытащил свой сотовый, и посветил на странный предмет. И вместе с Харрисон громко выругался.

«Да, блин, это гребаная бомба, — сказал Ковбой. — А я-то думал, что тренировки морских котиков по обезвреживанию бомб никогда в жизни мне не пригодятся».

20

ГЛАВА 20

3:53.

Три часа пятьдесят три минуты.

Бомба должна была взорваться во время последнего вечернего шоу, самого многолюдного за весь день.

Ковбой вспотел, неподвижный воздух в операторской стал удушливым и спертым. Харрисон остановил представление и эвакуировал всех из театра, пока Ковбой собирал инструменты и чем прикрыться на случай взрыва.

Если бомба рванет, помещение театра рухнет. Потолок устроен таким образом, что уничтожение операторской разрушит главную опорную балку над зрительным залом. Ковбой настоял на том, чтобы Харрисон и Шарлотта с Эбби укрылись на безопасном расстоянии от театра.

Тренировки бойцов-коммандос включали необходимый уровень подготовки по работе с взрывчатыми веществами, но Ковбой продвинулся еще дальше и стал специалистом по работе со взрывными устройствами. Для него не было ничего более увлекательного, чем взрывом ликвидировать угрозы или, как в этом случае, предотвращать взрыв. По крайней мере, он на это рассчитывал.

Он вытер потные руки о шорты и взял кусачки. У него было достаточно времени, чтобы изучить устройство бомбы, которое представлялось ему вполне простым. Однако внешний вид часто бывает обманчив.

Он небрежно обнял Шарлотту, прежде чем вернуться сюда одному, однако на самом деле ничего небрежного в этом для него не было. Ему надо перерезать нужный провод и уйти отсюда невредимым — как он знал по собственному опыту, лишь очень немногие бойцы готовы погибнуть.

Теперь он смотрел на события последних двух дней сквозь призму жизни и смерти — при обезвреживании бомбы случиться может всякое. Всю свою жизнь он был одиночкой, одиноким чертовски компанейским парнем, всегда окруженным девицами. Но ни одна из них так никогда по-настоящему и не тронула его за душу. По крайней мере за ту ее часть, которая была важна для него, за ту часть его существа, где он не был просто плейбоем и ловеласом. а был живым человеком со своими чувствами и переживаниями.

А Шарлотта тронула?

Каким-то непостижимым образом ей это удалось — при всей ее бесшабашности и сексуальных подвижках, сквернословии и откровенной прямоте, которые вызывали у него улыбку. На первый взгляд — сплошное безумие. Пару дней назад он пытался избавиться от ее поползновений; а теперь боится, что прилип к ней намертво.

Расслабься. Займись делом. Обезвредь это дерьмо, а потом уж думай о Шарлотте.

Со времен тренировок бойцов=коммандос у него появилась традиция. Прежде чем перекусить самый важный провод, он загадывал желание. Если не погибнет, желание непременно сбудется — это как задуть свечи на торте на своем дне рождения.

Ковбой взял кусачки и поднял их над проводом. Перед глазами встало милое его сердцу лицо Шарлотты. Ему хотелось большего в отношениях с ней — и через неделю, и за пределами этого корабля, и за рамками просто секса. Если он сейчас не погибнет, он приложит для этого все свои силы.

Глядя широко открытыми глазами, он сжал ручки кусачек. Резцы тихо щелкнули, перекусывая провод, таймер погас, и Ковбой с облегчением выдохнул.

Бомба обезврежена.

21

ГЛАВА 21

Шарлотта стояла вместе с остальными в коридоре вдалеке от театра и твердила себе, что Ковбой знает свое дело. Она и без того знала, что это правда, но ей все равно хотелось неистово грызть ногти, как в детстве, от бессилия, и она скрестила руки на груди, чтобы не впасть в отрочество.

«С ним все будет в порядке, — сказала Эбби. — Это же его работа. Уж точно знает, что делает».

Шарлотта уклончиво кивнула. Они с Харрисоном обменялись понимающими взглядами. Ковбой, конечно, специалист, но какое в этом утешение. В этот самый момент Лео обезвреживает бомбу, которая может разорвать его в клочья.

На глаза навернулись слезы. Шарлотта крепко прикусила губу, чтобы не расплакаться. Он такой славный парень. Всем надо, чтобы с ним все было хорошо. Ей надо, чтобы с ним все было хорошо.

С ним все хорошо. Он знает, что делает. Бога ради, он же морской котик!

Она закрыла глаза. Если бы он сейчас появился из-за угла, она бы бросилась ему на шею и крепко прижала к себе. Она была без ума от проведенной вместе с ним ночи и от того, как с ним легко и спокойно. Ей было так уютно рядом с ним, будто он всегда и был у нее под боком. Она уже поняла, что без него ее постель будет пустой, а ночи будут длинными и холодными.

Может, как-то получится встречаться с ним и после круиза.

Это не входило в ее планы, но надежда теплилась в ее душе, как маленькая невидимая свеча, мерцающая где-то вдали и все же заметная в темноте. Ему же вроде тоже понравилось с ней. Конечно, он может и отказаться от продолжения.

А ей хочется продолжения отношений с ним больше всего на свете, хочется так сильно, что она сама пугается этого желания. После развода она пыталась жить дальше одна. Раньше с ней никогда такого не бывало. Она меняла парней как перчатки, пока не вышла замуж за Рика, когда еще училась в старшем классе средней школы. И совсем не ожидала, что так скоро у нее возникнут теплые чувства и желание пустить мужчину в свою жизнь.

Но именно это я и делаю.

Она вздрогнула, услышав голос Ковбоя.

«Все тип-топ».

Шарлотта распахнула глаза и бросилась к нему, широко раскинув руки. Вот он, наконец-то, стоит перед ней цел и невредим. Давно сдерживаемые слезы едва не хлынули из глаз.

«Ну ты ваще, в натуре!, — воскликнула она, шлепнув его по руке. — Я тут, блин, вся на дерьмо изошла, переживая за тебя».

Ковбой усмехнулся.

«Не сдерживайся в словах, Шарлотта. Говори, как есть на душе».

Эбби хлопнула Ковбоя по спине.

«Отлично сработал, Лео».

Шарлотта улыбнулась, уткнувшись в шею Ковбою.

«Ты весь мокрый от пота».

«Так случается, когда вся твоя жизнь в один миг проносится перед глазами».

Она отпустила его и взглянула на его улыбающееся лицо. Такой красавчик, живой! Шарлотта глубоко вздохнула и с облегчением выдохнула.

«С тебя ужин, когда все это дерьмище закончится».

«Да что ты?».

Вот же, блин.

Она перешла черту, вышла за грань, нарушила их негласное соглашение. Сама же предложила ему всего лишь перепихон, а не отношения и уж точно не обязательства. Можно сколько угодно убеждать себя в том, что это всего лишь ужин, но она знала, что рассчитывает на нечто большее, и это было ясно как божий день для них обоих. Она заметила, что Ковбой несколько оторопел от ее слов.

«Ладно, забей. Я пошутила», — сказала она.

«Не бери в голову, — улыбнулся он. — Я как-раз хотел предложить тебе то же самое».

«Да ты гонишь. Правда, что ли?».

«Ага».

И живой, и приглашает ее на свидание — сердце Шарлотты готово было выскочить из груди.

Быстрый, ритмичный глухой шум разнесся по кораблю, постепенно становясь все громче.

«Что за звук?», — спросил Харрисон.

Ковбой вытаращил глаза.

«Вертолет!».

И помчался по коридору, крикнув на бегу через плечо:

«Группа коммандос».

22

ГЛАВА 22

Огромный винт вертолета вращался так быстро, что капли дождя не успевали попасть на него. Первый помощник капитана задумчиво смотрел в окно мостика, когда перед ним вдруг завис вертолет. Его взгляд упал на зеленую вертолетную площадку внизу, освещенную огнями и хорошо видимую, несмотря на непогоду.

Он был вне себя от ярости. Они не имеют права садиться на это судно. Он бросился к пульту управления. Если бы только он смог замедлить ход в нужный момент, тогда бы они перелетели вертолетную площадку и свалились с носовой части в море прямо под судно, если ему повезет.

Он заорал от бессильной злобы — механизмы управления не отреагировали на его команды. Удивляться тут нечему, весь контроль перешел на второй мостик, и ирония в том, что ему срочно понадобилось рулевое управление, а его теперь у него нет.

Он выхватил из кармана рацию.

«На носу садится вертолет. Отправьте двоих сбить его, немедленно. Их не должно быть на борту!».

Дверь на мостик позади него открылась, он обернулся.

«А мне что делать?», — спросила Эбби.

Он раздраженно хмыкнул.

«Иди в танцклуб. Ты там пригодишься».

«Так вертолет же! Бойцы из Группы коммандос...».

«Это моя забота».

Она склонила голову и вышла. Первый помощник повернулся к окну как раз вовремя, чтобы увидеть, как на палубу валится первый посланный им туда член банды. Он с размаху шарахнул рукой по пульту управления. Ему самому надо быть там. Никому нельзя доверить уничтожение бойцов в вертолете.

Они были уже так близко, что он нутром чуял их. Он взглянул на часы.

Первые бомбы рванут через час с небольшим. Поднимется паника, поврежденное судно пойдет в ближайший порт, Нассау на Багамах, где на пляжах тысячи туристов с камерами в руках.

Уничтожение *«Жемчужины морей»* навсегда войдет в историю как один из самых грандиозных террористических актов всех времен.

«Прикончи их!», — заорал он, глядя сквозь дождь на члена свой шайки, скрывающегося в тени внизу. Он еще не успел закрыть рот, как тот тоже повалился на палубу, как и первый бандит.

«Не-е-ет!», — истерически заорал он.

И выхватил пистолет из кобуры.

«Отставить стрельбу!».

Первый помощник резко обернулся — в открытом

дверном проеме стоял капитан. Помощник с трудом сглотнул слюну и направил пистолет в потолок.

«Они же уже на борту. На носу сел вертолет, они уже здесь!».

Капитан подошел к окну.

«Это отряд Группы коммандос. Ты знал, что они прибудут».

«Они застрелили двоих наших!».

«Не понял».

Капитан взял микрофон и потянулся к переключателю внутренней связи.

«Надо предупредить пассажиров и вызвать помощь на палубу».

Первый помощник отдернул руку капитана от тумблера — он не знал, перерезали его люди провода внутренней связи или нет.

«Стоп. Без глупостей».

«Я капитан этого судна и сам принимаю решения по ситуации».

Он включил микрофон и открыл рот, чтобы что-то сказать.

Первый помощник нажал на курок, выстрел эхом разнесся по кораблю по системе громкой связи. Капитан рухнул на пол.

«Теперь я тут главный», — прошипел первый помощник.

Он посмотрел на вертолет на носу судна, на несколько человек, стоящих на вертолетной площадке под дождем. Группа коммандос. Ни в какие планы они не входили. Он приложил столько усилий к тому, чтобы на берегу не знали, что происходит на судне.

Помощник вытащил рацию.

«Выключить освещение и все, кроме аварийного генератора. Взять курс на Нассау, полный вперед».

Он сунул рацию в карман, выхватил микрофон из неподвижной руки капитана и наблюдал, как тьма поглощает корабль.

«Внимание. Говорит капитан. У нас вышел из строя главный генератор. Не волнуйтесь, все оборудование судна исправно, но мы будем работать на аварийном питании, пока не устраним эту проблему в порту. Это значит, что аварийное освещение будет только в коридорах и каютах. Прошу вас оставаться в своих каютах всю ночь. Утром мы пришвартуемся в Нассау для ремонта».

Он перешагнул через тело капитана и медленно обернулся, чтобы в последний раз взглянуть на мостик.

«Трудно поверить, что мы управляем всем этим из дискотеки».

Он захохотал, схватил фуражку и вышел.

23

ГЛАВА 23

Дождь лил как из ведра, ухудшая видимость. Полет с корабля ВМФ США *«Восторг»* занял больше времени, чем ожидалось — погодные условия мешали Маттео аккуратно посадить птичку при убывающем свете дня.

«Давай пошустрее. Они идут со скоростью двадцать пять-двадцать восемь узлов», — сказал Джакс в наушники, глядя в окно вертолета.

«Принял», — ответил Маттео.

Он летел в пятидесяти ярдах от круизного лайнера на высоте ста футов, стараясь подогнать скорости.

«Судно новое, — обронил Логан. — Самое быстроходное. Я упустил это из виду».

Рыжий что-то переключил, и вертолет набрал скорость.

«Тебе, блин, повезло, что я профи», — пожурил он Логана.

Джакс смотрел в иллюминатор на круизный лайнер. Судно больше не вырывалось вперед под ними.

«Совместились».

«Принял. Сажусь».

Они уже были настолько низко, что Джакс четко видел палубу. На вертолетной площадке было пусто, и он почувствовал облегчение — помех для посадки нет. Он перевел взгляд на окна на самом верху судна — на капитанском мостике. Джакс рассчитывал на дружественный прием со стороны того, кто был на мостике, но был готов к любому повороту событий.

Его руки сжимали лежавший на коленях АК-47. Он не знал, что для них сейчас опаснее — посадка или последующая реакция на их прибытие. Хотя он и не собирался выходить из вертолета с автоматом в руках, но лучше для надежности держать его при себе при посадке.

Вертолет скользнул вниз, его винты теперь крутились ниже уровня мостика. Джакс видел. что из окон за ними наблюдают, и кто-то за ними мечется.

Просто не мешайте на вертолетной площадке, остальное наша забота.

Едва заметное движение на палубе возле вертолетной площадки привлекло его внимание. Он прищурился, пытаясь рассмотреть, что там происходит, сквозь стену проливного дождя. Джакс достал бинокль и осмотрел палубу.

«Твою ж мать. Нас встречают».

«Хлебом-солью?», — спросил Хок.

«С пушкой в руках. Значит бандит».

Сквозь оглушительный рев вертолета прорвался лязг оружия — Хок и Логан вставили обоймы.

«Не стрелять, — сказал Джакс. — Если понадобится, я сам его уложу».

«Может, он просто хвастается перед нами своей крутой новой пушкой», — съязвил Хок.

Джакс усмехнулся.

«Может, если мы обстреляем их еще до посадки, они кинутся к нам с распростертыми объятиями».

Кто-то второй спрятался в укрытии возле вертолетной площадки.

«Еще один бандит на четыре часа», — сказал Хок.

«Вижу», — отозвался Джакс.

Маттео прекратил спуск.

«Мои действия?».

Первый отморозок был уже ясно виден — в вытянутых руках он держал оружие. Джакс неохотно поднял свой АК-47. Он надеялся, что посадка пройдет без проблем. А теперь придется ввязываться в бой.

Внезапно бандит рухнул на палубу, на его груди расплывалось темное пятно.

«Кто-то подстрелил его».

Джакс лихорадочно искал глазами стрелка.

«Вон там!», — махнул он рукой.

В тени возле вертолетной площадки стал заметен еще кто-то, кого он раньше не видел. Упал второй бандит.

Скрывавшийся в тени вышел на свет, и Джакс облегченно вздохнул.

«Ковбой!, — воскликнул он. — Слава тебе, господи. Хватит птичке летать, садимся».

Вертолет сел точно в центре вертолетной площадки, тихо и мягко, как падающий на землю лист.

«Я же говорил, что я профи», — буркнул Рыжий.

Он нажал несколько кнопок, шум винтов стих, а потом и вовсе прекратился.

Ковбой подошел к вертолету, когда бойцы вышли на вертолетную площадку.

«Привет, — сказал Ковбой, протягивая руку Джаксу. — Я уж заждался вас тут».

«Где Эбби Грейнджер?», — спросил Джакс.

«Внизу».

«Плохие новости, — сказал Логан. — Настоящая Эбби найдена убитой несколько часов назад. Эта подставная».

«*Что?* Я оставил твою сестру с ней!».

Ковбой кинулся бежать со всех ног, остальные бросились следом за ним. Он пытался уложить в голове новую информацию, а его животный инстинкт подсказывал ему только одно: надо срочно добраться до Шарлотты.

Он знал, что должен был распорядиться, чтобы она сидела в своей каюте, а вместо этого позвал ее на помощь, и теперь она по его вине оказалась в смертельной опасности. Но при этом именно она нашла бомбу. Если бы не она, они бы до сих пор искали ее и, скорее всего, так бы и не нашли.

Боже, пусть с ней все будет в порядке.

Он готов был орать, мчась по лестницам, хватаясь за перила и толкая себя вперед еще быстрее. Было темно, работало только аварийное освещение. Он толкнул дверь на шестой этаж, где он видел Шарлотту в последний раз. Там она и стояла, разговаривая с Харрисоном, а Эбби нигде не было видно.

«Шарлотта!», — крикнул он на бегу, спеша скорее обнять ее.

И заключил ее в свои объятия.

«Ты как, в порядке? А где Эбби?».

«Не знаю, куда-то пошла, а я да, в полном порядке. А в чем, собственно, дело?».

Она вдруг напряглась и отстранилась от Ковбоя.

«Привет, Логан».

Ковбой никогда еще не видел Логана таким разъяренным. Если подумать, так он вообще никогда не видел, чтобы этот пацан злился.

«А ты что здесь делаешь?», - набросился он на сестру.

«Так ты же сам сказал, что мне пора отдохнуть...».

«Та девица, с которой ты только что была, Эбби. Она подставная. Настоящую Эбби убили, чтобы протащить эту сучку на корабль».

«Ни хрена себе!», — поразилась его словам Шарлотта.

Логан показал пальцем на Ковбоя.

«А он только что грохнул двух бандитов, которые хотели сбить наш вертолет».

Шарлотта посмотрела на Лео с явной тревогой во взгляде.

«Ты цел?».

«Целее не бывает», — усмехнулся Логан.

«Это его работа. Для того он и обучен. А вот тебе, Шарлотта, здесь делать нечего. Вообще!».

Логан повернулся к Ковбою.

«Какого черта ты прихватил с собой мою сестру на выполнение задания Группы коммандос? Ее же могли убить, ради всего святого. Да и сейчас еще есть все шансы погибнуть».

Шарлотта прервала брата.

«Он здесь ни при чем. Он...».

Ковбой поднял руку, чтобы она замолчала.

«Ты прав, Док. Я облажался. Моя ошибка, впредь буду умнее».

24

ГЛАВА 24

Логан просмотрел сотни строк кода в поисках обходного доступа к компьютерной системе судна. Он был так зол, что готов был взорваться. Одно дело — самому находиться на корабле, рискуя своей жизнью, а вот сестре здесь вообще не место.

А все потому, что она провернула свои дела тайком от него, хотя прекрасно знала, как он все это воспримет.

«Поговорим?, - спросила Шарлотта. — Или лучше не мешать тебе?».

Логан мог делать свою работу хоть во сне. Пока он не найдет обходной путь доступа, это не более чем утомительная работа хакера.

«Зачем ты это сделала?».

Шарлотта молчала. Стук его пальцев по клавишам был сильнее обычного, каждый отрывистый щелчок отдавался ударом по нервам.

«Прости меня, Логан».

«Я спрашивал, зачем».

«Простого объяснения у меня нет. Ты не поймешь, в каком дерьме я жила последнее время».

Он бросил на нее быстрый взгляд и снова повернулся к экрану компьютера.

«Не пойму? А кто всегда был рядом с тобой с тех пор, как Рик тебя кинул? Кто старался успокоить и поддержать тебя?».

«Эту проблему не тебе надо решать. А мне самой».

Она глубоко вздохнула и резко выдохнула, смирившись с неизбежностью этого разговора.

«То замужество что-то сломало во мне, Логан. Я стала считать себя никчемной и ненужной».

«Кому ненужной?».

«Да никому не нужной. Не так хороша, как прежде. Не так красива. Не так весела. Ему расхотелось быть рядом со мной. Нашими общими друзьями были только его друзья, а не мои, и они ясно давали понять, что я им не особо нравлюсь. А иногда даже, что мой муж тоже такого же мнения обо мне».

«А чего ты тогда жила с этим уродом? Ты же могла бросить его в любую минуту, но почему-то этого не делала».

«В том-то и вся проблема. Когда я жила с ним и варилась в том котле, я не понимала, что причина в нем. Я и в самом деле думала, что причина во мне самой, что все, во что я верила раньше, было враньем. Вот что делает с людьми плохое обращение».

Логан снова взглянул на нее.

«Он что, бил тебя?».

«Ну вот еще. Но от этого не легче».

«И как же все это связано с Ковбоем?».

«Он славный парень, и я ему нравлюсь».

Она опустила взгляд на свои руки.

«Наверное, мне просто нужен был хороший парень, которому я нравлюсь».

Каким-то непостижимым образом это возымело свое действие, и злость Логана немного улеглась. Но он слишком хорошо был осведомлен о любовных похождениях Ковбоя, чтобы не переживать за ранимое сердце своей сестры.

«Он с кем только не встречается, Шарлотта».

«Да уж знаю, — она пожала плечами. — Тогда почему бы и не со мной тоже».

«И тебя это устраивает?».

«Как-то поздновато уже думать об этом».

Ее голос прозвучал довольно грустно, и Логан понял, что его самые большие опасения по поводу отношений сестры с Ковбоем, уже свершились. Видно было, что она прямо тащится от него. И Логану внезапно захотелось двинуть Ковбою прямо в челюсть.

«Я знаю, что ты беспокоишься обо мне, Логан. Но я уже не маленький ребенок».

«Ты только что сама сказала, что совершила ошибку, выйдя замуж за Рика. Что он обращался с тобой как с дерьмом. И как я могу не переживать после этого?».

Она кивнула.

«Ты прав. Переживай и дальше. Но только мне самой надо решать свою судьбу».

Логан скопировал и вставил строку кода на экран входа в систему.

«Взломал!», — сказал он.

Пустые темные мониторы службы безопасности загорелись и подключились к системе.

Шарлотта уставилась на них: жуткие картинки погруженного во мрак корабля, оставшегося без основного источника энергии.

«Наверное, мы здесь в одном из немногих помещений, куда питание сейчас подается с полной мощностью».

«Скорее всего. Полная мощность в помещении службы безопасности — это не роскошь. Это необходимость. Я вижу по настройкам управления, где они отключили основное питание. Сама система в полном порядке. Это все выдумки. Знать бы, что они задумали»

Один из мониторов светился намного ярче остальных, и Шарлотта подошла к нему, пытаясь рассмотреть изображение. Лежащий на полу человек, окна вдоль всей стены и что-то похожее на длинный пульт управления. Капитанский мостик?

«Логан, поди-ка сюда на минутку».

Он встал и тоже подошел к экрану.

«Черт возьми, — прошептал он. — Это капитан».

Он взял рацию и вызвал Ковбоя.

«Капитан ранен. Он на мостике. Может даже убит».

25

ГЛАВА 25

Ковбой, Харрисон, Рыжий и Хок побежали на мостик. Все салоны корабля были почти пусты. Объявление с требованием, чтобы все оставались в своих каютах, произвело ожидаемый эффект.

Ковбой первым подбежал к капитану. Кровь залила всю верхнюю часть правого плеча капитана и растеклась до середины груди. Он выглядел мертвым. Ковбой пощупал пульс на шее и удивился, когда нашел его.

«Капитан!, - позвал он. - Капитан, вы меня слышите?».

Веки капитана несколько мгновений трепетали, прежде чем открыться, взгляд был блуждающий и почти бессмысленный.

«Дискотека, — прошептал он. — Он в зале дискотеки».

Ковбой посмотрел на Джакса, затем снова на капитана.

«Кто в зале дискотеки?».

«Бодро. Мой первый помощник».

«Это он стрелял в вас?», — спросил Джакс.

«Да».

«Надо доставить вас в лазарет», — сказал Ковбой.

«Нет. Бегите. Скажите в лазарете, что я здесь, и остановите Бодро, пока он не устроил трагедию».

Бойцы помчались в ночной клуб, заскочив по пути в лазарет, чтобы отправить помощь капитану. Ковбой не бегу подумал, а был ли их неуловимый враг там, когда он танцевал с Шарлоттой.

Если бы ты не отвлекся, то мог бы что-нибудь заметить. Да и вообще нечего было с ней связываться.

Не при выполнении задания.

Черт, да и вообще никогда.

Теперь, когда задание провалено, и отряд Группы коммандос здесь, здраво рассуждая, Ковбой понял, что совершил большую глупость, пойдя у нее на поводу. Логан пришел в ярость, когда узнал, что Ковбой спит с Шарлоттой. Это было невыносимо очевидно, суля по взгляду его товарища по команде.

Ковбой двигался по затемнённому коридору во главе группы. Равномерно расположенные аварийные лампочки придавали коридору вид какой-то футуристической машины времени. Как бы Ковбою хотелось вернуться в прошлое. Изменить свои решения, которые будут стоить ему карьеры в Группе коммандос.

А ты действительно готов стереть из памяти все, что у тебя было с Шарлоттой?

Блин, да ни за что на свете.

Даже понимая все безрассудство своего поступка, он этого не хотел. Хотя Логан, наверное, никогда не простит ему этого, да и Джакс наверняка тоже брызжет кипятком. Проведенное с Шарлоттой время стоило того, пусть даже он и проявил себя как эгоцентричный придурок. Она ему нравится.

Она ему очень нравится.

И если бы у него была такая возможность, он бы повторил все снова.

Ковбой завернул за угол, показался зал дискотеки. Вывеска не переливалась огнями, впрочем, внутри было тоже темно и мрачновато. Как-то само собой вспомнилось, как глаза не сразу привыкли к мельканию огней, когда он был здесь в прошлый раз. Он потянулся за своим сотовым.

«Там может быть один урод, а может и сотня», — прошептал рядом с ним Хок.

Харрисон выступил вперед.

«Я пойду первым. Я знаю это место лучше вас».

Света, струящегося из-под дальней двери, было ровно столько, чтобы все вокруг погрузилось в легкую тень. Они тихо и незаметно продвигались единой группой по залу вслед за Харрисоном, который вел их в служебную зону. Подойдя к двери, из-под которой падал свет, он остановился.

«Готовы?».

Четыре больших пальца вскинулись вверх.

Харрисон пинком распахнул дверь на коммерческую кухню, держа пистолет наготове. Но выстрелить ему так и не пришлось. Шестеро бандитов поджидали их там, нацелив оружие на дверь. Четверо из них свалились на пол вслед за Харрисоном, получив пули от Ковбоя и Хока. Еще двое прожили всего на мгновение дольше.

Ковбой опустился на пол, чтобы осмотреть Харрисона. Один выстрел в голову и несколько выстрелов в грудь. Его уже не спасти. Ковбою было чертовски жаль, что не хватило всего секунды, за которую Хок и Маттео завалили остальных. Он встал и перезарядил свой пистолет.

«Бодро и Эбби здесь нет. Надо найти источник питания. Компьютеры. Второй мостик, откуда они всем заправляют».

Они где-то близко. Не зря же их здесь поджидали шестеро бандюганов. Значит, что-то охраняли. Где находится электрощитовая танцклуба? Оттуда должно подаваться питание на подсветку и музыку.

В зале загремела музыка.

«Диджейская», — сказал Маттео.

«Погоди, — отозвался Джакс. — Это ловушка».

«Нам по-любому надо туда попасть», — сказал Ковбой.

И повернулся к Хоку.

«Ты со мной. А вы двое туда», — махнул он рукой в сторону другого выхода из кухни на танцпол. Он вынул из кармана сотовый и включил фонарик. Как только все заняли свои позиции у выходов, Ковбой выключил свет на кухне, открыл дверь и направил луч фонарика своего сотового в помещение.

Раздался выстрел.

Ковбой скользнул внутрь, Хок следом за ним. Пригнувшись пониже, они метнулись в тот угол, откуда стреляли. Луч фонарика выхватил из темноты и отразился от какой-то застекленной будки рядом с танцполом. Диджейская. Ковбой распахнул дверь и замер.

В тусклом свете смутно виднелись два силуэта — один большой и высокий, другой поменьше. Тот, что повыше, приставил пистолет к голове второго.

«Прошу вас, не мучайте меня», — раздался женский голос с правильным британским акцентом.

Принцесса Виолетта!

«Отпусти ее», — приказал Ковбой, направив пистолет на неясную фигуру в темноте.

«Считаешь себя спасителем? Увы, ты припозднился», — отозвался бандит.

«Мы нашли вашу бомбу в театре. Взрыва не будет».

Глаза Ковбоя привыкли к темноте, и он смог различить в сумраке лица Бодро и принцессы.

Первый помощник капитана расхохотался.

«Обезвредил одну бомбу и считаешь, что спас корабль!».

Ужас от его слов горькой желчью подступил к горлу Ковбоя. Бомба не одна!

«Сколько?».

«А с какого хрена мне сообщать тебе об этом?».

«Да с того хрена, что ты хочешь, чтобы я знал. Хочешь, чтобы все точно знали, что вы, сучары, натворили».

Ковбой шагнул поближе.

Бодро приподнял локоть, и принцесса вскрикнула.

«Еще шаг и я всажу ей пулю. А мне бы не хотелось, чтобы она пропустила представление».

«Сколько бомб?».

«Двадцать. Раньше была двадцать одна, число удачи, но потом у одного из наших вдруг случился припадок совести».

Ковбой вспомнил об убийстве, обнаруженном Харрисоном. Убитый член экипажа.

«Значит, ты убил его и выбросил тело за борт?».

«Можешь не сомневаться. Точно так же, как убил принца».

Принцесса забилась в истерике и с криком набросилась на Бодро с кулаками. Бодро выронил пистолет. Они с Ковбоем встретились взглядами в полумраке.

Пуля Ковбоя угодила точно в лоб Бодро. Он упал, его голова с тошнотворным хрустом шлепнулась на пол.

Принцесса прикрыла рот рукой, продолжая истерически визжать. Ковбой подошел и обнял ее.

«Все уже позади, ваше высочество».

«Где мой муж?. Он убил моего мужа!».

«Тише, тише, успокойтесь...».

Он пытался успокоить ее, хотя сам при этом готов был орать во весь голос. Он должен был охранять их обоих, и вот на тебе — по его вине принц убит.

Все катится к черту как лавина с горы, сметая все на своем пути. Его решение перевернуло на хрен всю его жизнь.

Он подумал о любви, которая была столь очевидна между Виолеттой и Хьюго. Такая любовь достойна жизни, а его поступок растоптал ее.

Сквозь громкие рыдания принцессы пробился мужской голос:

«Ви?».

«Хьюго!».

Она выпорхнула из рук Ковбоя куда-то в темноту. Свет зажегся как раз в ту минуту, когда она бросилась в объятия мужа. Радостные всхлипывания принцессы перемежались с успокаивающим тоном слов принца. На лбу у него зияла большая кровавая рана.

Между нами с Шарлоттой тоже может быть такая любовь.

Он тряхнул головой, чтобы отбросить лишние мысли. К нему подошел Маттео.

«Где он был?», — спросил Ковбой.

«В холодильнике».

«Что еще обнаружили?».

«Компьютеры, рации и кучу всякой всячины».

«А Эбби не нашли?».

«Неа. Эбби нигде нет».

Ковбой кивнул.

«Ну что, двигаем дальше. Корабль напичкан бомбами, рванет меньше чем через час. Надо всех эвакуировать».

26

ГЛАВА 26

«Быстрее, быстрее, времени в обрез!».

Ковбой уже охрип, перекрывая своим голосом гул толпы. Он направлял всех к спасательным шлюпкам, часы в голове неумолимо отсчитывали оставшиеся до взрывов минуты. Если все бомбы должны сработать по таймеру той, которую он обезвредил в театре, у них остается ровно тридцать пять минут до уничтожения корабля.

«Не успеем», — сказал он принцу Хьюго.

«Международная морская организация требует, чтобы круизные лайнеры могли осуществить полную эвакуацию за тридцать минут или меньше. Уложимся», — ответил принц.

Хьюго просунул голову в дверь спасательной шлюпки.

«Когда спуститесь на воду, запускайте двигатель и уходите как можно дальше от корабля».

Он спустил на воду третью огромную спасательную шлюпку, на борту которой находились почти четыреста человек.

«К счастью для нас, вы знаете, что надо делать. Джакс сказал, что вы служили на флоте».

«Ла Рояль. ВМФ Франции».

Он повернулся к жене.

«Ты садишься в следующую шлюпку, дорогая».

Она схватила его за руку.

«Нет. Я остаюсь с тобой».

«Я буду действовать быстрее, зная, что ты в безопасности».

Она покачала головой.

«Говори, что хочешь. Я остаюсь с тобой».

Ковбой перешел к следующей шлюпке, открыл двери с обеих сторон и руководил посадкой. Он взглянул на часы. Остается двадцать семь минут. Он вернулся к предыдущей шлюпке, дал им те же указания, что и Хьюго, и спустил ее на воду.

Хок и Джакс подошли к нему с лежащим на носилках капитаном.

«Я в состоянии идти сам», — проворчал капитан.

Ему помогли сесть в спасательную шлюпку.

«Как наши успехи?», — спросил Джакс.

«Двадцать пять минут, а на борту еще тысячи. Оставайся здесь. Усаживай всех как можно плотнее. Никаких свободных мест. Я иду к следующей шлюпке. Дай мне знать, когда эта будет готова к спуску на воду», — сказал Ковбой.

Он прихватил с собой Хока и дал ему такие же указания у следующей спасательной шлюпки.

Толпа быстро редела. Спустя десять минут, после еще одного раунда спуска огромных спасательных шлюпок, последний из пассажиров оказался в шлюпке. Ковбой спустил ее на воду и тут встретился взглядом с

Шарлоттой, стоявшей примерно в двадцати футах от него.

Она была прекрасна, и все ее внимание было приковано только к нему. Не сложился у них остаток недели. Казалось, что ее глаза кричат ему об этом, как будто он и сам этого не знает. Они провели вместе всего два дня, а этого так мало. Совсем мало.

Он должен встретиться с ней снова, и к черту все последствия. Но сначала ему надо эвакуировать отсюда ее, членов королевской семьи и всех бойцов Группы коммандос. Он открыл следующую спасательную шлюпку.

«Все в шлюпку, — скомандовал он, не оборачиваясь. — Время на исходе».

И застыл на месте от раздавшегося позади него голоса.

«Время уже вышло».

Эбби.

Он повернулся к ней. Она держала в руках пистолет, но его внимание больше привлекла взрывчатка, которой она была обвешана по талии. Красный цифровой таймер, такой же, как на бомбе, которую он обезвредил, располагался по центру, как пряжка ремня. Кто-то громко ахнул.

Ковбой поднял руки.

«Чего ты хочешь?».

«Ты сорвал мое представление. Мы должны были прибыть в Нассау на закате. Взрывы смотрелись бы так классно с пляжа, забитого туристами с камерами в руках. Сечешь фишку? Этот видос моментально разлетелся бы по всему миру, хрена остановишь».

Она с ненавистью посмотрела на королевскую чету.

«Вы двое должны были сдохнуть вместе с тысячами

американцев. Чтобы весь мир содрогнулся и наконец обратил внимание».

«На что?, — спросила принцесса. — Столько невинных жертв. К чему весь этот ужас?».

«Вы погрязли в мерзких пороках излишества и жадности. Это судно — неопровержимое свидетельство вашего оскорбительного образа жизни. Мы исполняем волю божию, показывая всему миру, что будет с такими, как вы».

Стоявший по другую сторону от Эбби принц подал знак Ковбою, сложив большой и указательный палец в виде пистолета. Он спрашивал Ковбоя, при оружии ли он. Ковбой все еще держал руки поднятыми и сложил четыре пальца, показывая Хьюго большой палец вверх.

«Пассажиры в спасательных шлюпка станут нашими свидетелями, — продолжала Эбби. — Наверняка все они с мобильниками. Американцы и шагу ступить без них не могут. Заснимут на видео, как эта дорогая безделушка взрывается ко всем чертям, как адское пламя поглощает этот мнимый идол, вместе с членами королевской династии».

Она злобно ухмыльнулась.

«Какая невероятная трагедия!».

Ковбой знал, что у них остаются считанные минуты на завершение эвакуации. Потом рванут бомбы, и в живых никого не останется.

Принц Хьюго заорал страшным голосом, и Эбби резко повернулась к нему. Ковбой выхватил пистолет, зная, что в его распоряжении не больше пары секунд и одного выстрела.

Хьюго бросился на Эбби. Она навела пистолет на него одновременно с Ковбоем, который прицелился в нее.

Ковбой проворнее нажал на курок. И дважды выстрелил ей в спину. Она рухнула на палубу лицом вниз, даже не выставив руки вперед, чтобы смягчить удар.

Дохлая тварь.

«Бегом!» - крикнул Хьюго.

«Все в спасательную шлюпку! - громко скомандовал Ковбой. - Пулей!».

Все бросились в шлюпку, на палубе остались только принц и Ковбой.

«И вы в шлюпку, ваше высочество», — сказал Ковбой.

«Кому-то надо спустить ее на воду. А потом спуститься в нее по надувному аварийному скату».

«Нет времени».

Ковбой втолкнул принца в шлюпку и закрыл люк. И начал спускать шлюпку на воду.

Посмотрел на упомянутый принцем надувной скат — опломбированный сложенный пакет с указаниями на картонной бирке. Взглянул на часы.

Остается две минуты до взрыва!

Он перегнулся через поручень и следил за спуском шлюпки с Шарлоттой, бойцами Группы коммандос и королевской четой, пока она не оказалась в воде, и помчался со всех ног совсем в другую сторону.

Миновал последнюю оставшуюся спасательную шлюпку и в один прыжок перемахнул через поручень, как гимнаст через спортивный снаряд. Как бы завис в воздухе, а потом вода поглотила его. В тот самый момент, когда он коснулся воды, оглушительно грянул первый взрыв.

Удариться о воду — все равно, что врезаться в железную стену, после чего ощущаешь только холод, боль, и наступает дезориентация в пространстве. Ковбой стремительно выгребал наверх — над ним в золотом сиянии полыхал корабль, а на ум почему-то пришла старая детская сказка.

Братец Кролик и терновый куст.

Океан — смертельная ловушка для большинства людей, однако для морских котиков это родная стихия. Ковбой вынырнул из воды и глубоко вдохнул воздух: жар горящего корабля был в опасной близости. Он снова нырнул и поплыл к спасательным шлюпкам, зная, что он уже спасен.

И что с остальными тоже полный порядок.

27

ГЛАВА 27

Из штаба Группы коммандос Ковбой поехал прямо домой к Логану и постучал в дверь. Стояла солнечная и теплая погода. Прошло четыре дня после их возвращения из круиза, и он встал раным-рано, чтобы встретиться с Джаксом.

К удивлению Ковбоя, у Джакса были для него только похвалы за действия при выполнении задания, пока речь не зашла о присутствии Шарлотты на судне. Но как только Ковбой пояснил, что он ее туда не приглашал, вопрос для Джакса был закрыт.

За Группу коммандос теперь официально отвечал Ковбой. Джакс остается на службе с неполным рабочим днем, но он больше не командует бойцами и не будет участвовать в длительных заданиях, как только они доведут штат до нужного уровня.

Приемом на службу будет заниматься Ковбой.

Сейчас ему надо просто поговорить с Логаном в неформальной обстановке, пока они не встретились на работе как начальник и подчиненный. У них появилось новое задание, о котором он только что узнал на выходных, и все, кроме Маттео, ранним утром во вторник вылетают на него.

У Маттео было другое задание. Судя по всему, за Джаксом числился должок перед каким-то российским сановником, причем достаточно приличный для того, чтобы отправить одного из бойцов Группы коммандос на выполнение скрытого задания — стать на месяц мужем дочери этого сановника. В детали Ковбой не вдавался, однако сам факт его весьма позабавил.

Логан открыл дверь и явно не особо обрадовался появлению Ковбоя.

«Можно войти?», — спросил Ковбой.

Логан отступил в сторону, чтобы дать ему пройти.

«Шарлотты здесь нет».

Так вот в чем дело. Он размышлял над тем, останется ли она здесь, а если останется, то даст ли о себе знать, но в конечном итоге она вообще уехала из Атланты.

«Вообще-то я пришел перетереть с тобой».

Логан прошел в маленькую кухню с синими столешницами, открыл холодильник и достал две бутылки пива. Одну протянул Лео.

«Валяй, Ковбой».

«Я знаю, что накуролесил с твоей сестрой. Но бог свидетель, что я все время старался держаться от нее подальше, чтобы не бесить тебя».

«Да что ты? Ну и как, такое ужасное воздержание не снесло тебе напрочь крышу? И как долго ты воздерживался, пару месяцев?».

Ковбой отхлебнул пива.

«Давай, чувак. Перетрем откровенно, иначе эта заноза так и останется сидеть в заднице».

Он пожал плечами.

«Вали все, что думаешь».

Логан покачал головой.

«Я знаю, что она сама прилепилась к тебе. У меня не тыква на плечах. Она увидела на моем компьютере информацию о круизе и быстренько забронировала себе каюту на нем».

Он долго молча смотрел на Ковбоя.

«Так что она виновата в этом не меньше твоего. Я просто хочу оградить ее от страданий».

«Мы все уже давно не малыши, Логан. И каждый сам все решает для себя».

«Так-то да, но все твои решения насчет женщин сводятся к перепихону».

«Во дает!».

«А дальше-то что? Ты делаешь вид, что не разбил ей сердце, а я делаю вид, будто меня это не касается?».

Ковбой рассмеялся, едва не поперхнувшись пивом.

«Слушай сюда. Никакое сердце я ей не разбивал, и драпанула она отсюда не из-за меня».

«Да что ты несешь. Разве ты захотел опять вытащить ее на свидание? Не хватило времени добить с первого раза? Круизу-то внезапно настал пипец и все такое».

«Знаешь, если по чесноку, я и в самом деле хотел увидеться с ней снова. Это она не захотела встретиться со мной. Сечешь? Хотя тебе это знать не обязательно, я звонил ей в тот же день, когда мы выбрались на берег. Она мне так и не перезвонила».

Ковбой стоял на причале в Нассау и выискивал ее глазами, пока пассажиры и полиция разбирались во всем этом хаосе. Она стояла в сторонке, закутавшись в красное одеяло, и о чем-то разговаривала с Логаном, и ему так хотелось подбежать к ней и обнять покрепче.

Но Шарлотта даже не смотрела в его сторону, хотя и знала, что он там, и так и стояла рядом со своим братом.

И он все понял. Круиз закончился, отношениям тоже конец.

Она улетела в Атланту на вертолете Группы коммандос вместе с отрядом. И всего лишь раз взглянула на него и слегка улыбнулась.

Извини.

Все было понятно без всяких слов, хотя какая радость в том, чтобы слышать это.

«А зачем ты звонил ей?», — спросил Логан.

«Блин, да соскучился я. И переживал, как она там».

Он взъерошил рукой волосы.

«И хотел пригласить ее на ужин».

«Заметано!».

Ковбой резко обернулся на раздавшийся позади него голос Шарлотты. Она стояла в дверях кухни и улыбалась ему во весь рот, совсем не так как в вертолете. Без макияжа она выглядела иначе. Еще красивее, хотя и так уже краше было некуда.

Он раскрыл свои объятия, и она впорхнула в них, крепко прижавшись к нему. От нее пахло конфетами, а не духами, и он понял, что ему это тоже нравится.

«Я думал, что ты уехала, — сказал он. —

Что ты больше не хочешь меня видеть».

«Я же говорила тебе, что хочу».

«Но в вертолете ты даже не взглянула на меня...».

Он повернулся к Логану.

«Ты не оставишь нас одних на минутку?».

Логан закатил глаза к небу, но вышел из кухни.

Ковбой снова посмотрел на Шарлотту.

«А я решил, что ты передумала. Что ты просто хотела поразвлечься со мной в круизе, как с болванчиком».

Шарлотта рассмеялась.

«О, да, ты ж мой болванчик, точно!».

Она притянула его к себе и поцеловала.

«И за тобой должок — еще пять дней в постели, не отвертишься. Вот тогда и пригласишь меня на ужин».

«Возможно, придется разбить все это на части — в перерывах между гаданиями Группы коммандос в Южной Америке и Новой Шотландии».

«Без проблем. На следующей неделе я переезжаю к Логану, так что побуду здесь какое-то время».

«Переезжаешь к Логану?».

Он потерся своим носом о ее нос.

«Надеюсь, у него здесь очень толстые стены», — шепнул Ковбой.

Из соседней комнаты крикнул Логан:

«Не дуркуй, Ковбой».

Ковбой и Шарлотта рассмеялись.

«Это я-то дуркую? Ну и ладно. Дурковать так дурковать».

Шарлотта покачала головой и обвила его шею руками.

«Заткнись уже, Лео, и поцелуй меня».

28

ГЛАВА 28

Шарлотта лежала в темноте, положив голову на грудь Ковбою. Она улыбалась, и ей казалось, что эта улыбка навсегда прилипла к ее лицу. Она провела в Атланте почти месяц и почти половину всех ночей в постели с Лео.

Его рука скользнула по ее чувствительной коже от лопаток до поясницы, и она вздохнула. Это был не просто секс. Это было то, как он прикасался к ней. Какие чувства вызывали в ней эти прикосновения. Переспи она с завязанными глазами даже с сотней парней, она бы все равно сразу отличила среди них Ковбоя по тому, как он прикасается к ней.

Он не просто касается ее кожи. Он прикасается к ее душе.

Она любит его. Еще слишком рано говорить об этом, но она уже знает это наверняка.

Шарлотта повернулась к нему — волосы на его груди щекотали ей губы, когда она целовала его теплую, солоноватую кожу. Ей хотелось попробовать его всего на вкус, ощутить каждую частичку его тела, каждую его гладкую мышцу и грубую мозоль. Она приподнялась и оседлала его, встретившись с ним взглядом в тускло освещенной комнате. Он так серьезно смотрел на нее, что у нее невольно возник вопрос, о чем же он думает.

Она наклонилась к нему и поцеловала его в губы.

Почувствовала, как опять твердеет его мужское естество, и приподняла бедра, чтобы принять его в себя. Она поднималась и опускалась на нем, затем выгнулась назад, чтобы опереться на его ноги.

«Погоди. Побудь со мной», — прохрипел он, возвращая ее в позу наездницы и глядя ей прямо в глаза.

В глубине его глаз отражались сотни эмоций, и ей хотелось познать каждую их них. Он крепко обхватил ее за бедра и раскачивался вместе с ней, не отрывая от нее глаз.

«Я люблю тебя», — сказал Ковбой.

Шарлотта едва не онемела от неожиданности. Она не верила своим ушам. Она коснулась его лица, провела пальцами по щетине, и ее глаза радостно засияли.

«Я тоже тебя люблю».

Он запустил пальцы в ее волосы и притянул ее вниз для поцелуя, затем перевернул ее на спину и скользнул по ней вниз. Шарлотта улетала все выше и выше от плотского блаженства, пока не взорвалась оргазмом, который охватил все ее тело, и разум, и душу.

Она обвила его ногами, понимая, что до Лео Уилсона она никогда по-настоящему не занималась любовью ни с кем.

Они сцепились руками и так вместе и спускались на грешную землю.

«Слишком рано?, — спросил Лео. — Я знаю, что мы вместе всего-то ничего».

«В самый раз».

Она поднесла его руку к губам и поцеловала костяшки его пальцев.

«Я поняла, что люблю тебя, еще когда стояла на причале в Нассау».

«Но ты даже не взглянула на меня».

«Знаю. Я плакала, потому что думала, что на этом всему конец, и не хотела, чтобы ты видел мои слезы».

«А я понял это, когда рассаживал пассажиров по шлюпкам. Ты взглянула на меня среди этого хаоса, и все вдруг просто замерло».

Она хорошо помнила этот момент. Она не знала тогда, выживут они или погибнут. Не знала, нужна она ему или нет.

«В конце месяца у меня будет свободное окно, — сказал он. — Ну и я тут подумал, может, отправимся в круиз?».

Она вся сжалась в комок.

«Только через мой труп!».

Ковбой расхохотался.

«Да шучу я. А как насчет ралли грузовиков-монстров в Колизее?».

«Вот это по мне».

Она вздохнула — счастливо и умиротворенно.

«Скажи-ка еще разок, Лео».

«Ралли грузовиков-монстров».

Она шлепнула его по руке.

Он расхохотался.

«Я люблю тебя».

Он поцеловал ее в макушку.

«И я тебя люблю, и никогда не отпущу».

Спасибо, что прочли эту книгу - «На приколе с «морским котиком». История продолжается с новыми героями, Маттео и Грейс, в книге «Замужем за «морским котиком». Купите книгу сейчас или прочтите первые главы.

29

КНИГИ ЭМИ ГАМЕТ

Группа коммандос

1. В ловушке с «морским котиком» (Хок и Оливия)

2. Под защитой «морского котика» (Джакс и Джесса)

3. На приколе с «морским котиком» (Ковбой и Шарлотта)

4. Замужем за «морским котиком» (Маттео и Грейс)

5. Правосудие для «морского котика» (Логан и Джемма)

6. На прицеле у «морского котика» (Остин и Кэссиди)

7. Похищение «морским котиком» (Ной и Ханна)

8. Навсегда с «морским котиком» (Свадьба Хока и Оливии)

Смятенные «морские котики» (Группа коммандос, Нью-Йорк)

1. Защита свидетеля (Люк и Саммер)

2. Сопротивление объекту (Рейзорбэк и Джеки)

3. Удержание заложника (Слоан и Джоан)

4. Взаимодействие с врагом (Зак и Давина)
5. Борьба с судьбой (Бретт и Грейс)
6. Восстановление чести (Мак и Элли)

Любовь на озере (любовная история наших дней)

1. Сокровище на Лунном озере (Гейб и Тори)
2. Удача на Лунном озере (Рафаэль и Мелани)
3. Возвращение на Лунное озеро. (Грег и Лиза)

Любовь и опасность (напряженная любовная история)

1. Предназначен для нее (Хэнк и Джули)
2. Тот, кто сбежал (Гвен и Колин)
3. Искусный обман (Роуэн и Бекки)
4. Желание Меган (Лиам и Меган)

30

ЗАМУЖЕМ ЗА «МОРСКИМ КОТИКОМ» ГЛАВА 1

Любимым занятием Максима Петрова была установка бомб, и единственное, что нравилось ему еще больше — это трахать дочь президента. Если вдуматься, то это тоже своего рода установка бомбы. Политической.

Вот только взрыва ждать девять месяцев.

Она уже родила, но они старательно держали этот взрыв в секрете. Он хохотнул. Такие взрывы надолго не скроешь.

Он ухмыльнулся в предвкушении завершающего аккорда своих усилий. Соединил провода зажигания и вкрутил детонатор. Нападки на президента шли со всех сторон, и Петрову не терпелось увидеть, как она шарахнет.

Вдали послышались голоса, эхом отражавшиеся от глади моста. Кто-то шел сюда — Петров замер. Его взгляд метнулся от недоделанной схемы к намеченному пути отхода — большому кусту в сотне ярдов от пешеходной дорожки. Глубокая тень пока надежно укрывала его, но времени было совсем в обрез, чтобы закончить установку и успеть смыться до того, как эти кто-то дойдут до этого места и наверняка увидят ничем не прикрытую бомбу.

Пошла лихорадочная гонка на скорость, а гонки он любил.

Черт, как он торчит от всей этой херни.

Он закончил с проводами и запустил таймер на обратный отсчет.

«Ну, Васильев, теперь посмотрим, как ты сумеешь выкрутиться».

Он развернулся и помчался прятаться в густом кустарнике, обернувшись только тогда, когда добежал до своего не ахти какого укрытия.

Оттуда ему был ясно виден сияющий вдалеке огнями президентский особняк. Там была Грейс. Грейс с его ребенком.

Вторая бомба.

Пора дать им понять. что он знает, что они там. Пора воспользоваться тем оружием, которое он так долго готовил.

Он достал сотовый телефон.

«Мост готов. Иду на гору».

Мужской голос на другом конце связи был непреклонным:

«Мы же обсуждали это. Ждем сначала мост».

«Там мой ребенок, и я иду туда прямо сейчас».

Он отключил связь и сунул телефон в карман. Затем вынул пистолет — черный металл блеснул в остатках света сгущающихся сумерек.

Черт, как здорово вернуться домой.

В Швейцарских Альпах, конечно, красота, но дома лучше.

31

ЗАМУЖЕМ ЗА «МОРСКИМ КОТИКОМ» ГЛАВА 2

Президент Васильев подошел к окну своего кабинета и рассеянно смотрел на раскинувшийся внизу город.

В его доме поселилось зло.

Оно спокойно вошло через дверь и теперь разгуливало по спальням тех, кого он любит больше всех на свете.

Он коротал всю ночь без сна, призраком бродил по комнатам, будто и вправду мог чему-то помешать.

Перед глазами все еще стояли слова записки, как будто он до сих пор держал ее в руках.

УБЛЮДОК. ИСЧЕЗНИ.

Он знал, откуда ветер дует, но не знал, кто именно ее подбросил. Виктор Тренин ни перед чем не остановится, лишь бы победить на президентских выборах. И угрозы семье оппонента для него плевое дело.

Ты же можешь сняться с выборов.

Ты не обязан снова идти на них.

Однако такого права у него не было. Кто-то должен

помешать Тренину захватить власть, иначе народу его любимой страны придется весьма несладко.

Вспышка молнии осветила вид из окна. Шел дождь, по людным тротуарам катился поток людей — кто-то спешил на работу, кто-то с работы после трудового дня.

Трудолюбивый народ — с душевным теплом в семье и почти пустыми карманами. Он знал всю житейскую правду. Эти люди заслуживают того, чтобы ради них идти на Голгофу. Им нужен президент, который изменит их жизнь к лучшему.

Он нахмурился. Он сам и был этим человеком, который стоял у руля двадцать шесть лет, постепенно превращая страну из младенца в трудолюбивого подростка, какой она стала сейчас. Полгода назад он был уверен, что он все еще тот самый человек.

Боль тисками сдавила грудь, он достал из кармана пузырек с таблетками и быстро сунул одну из них под язык.

Никому не станет лучше, если ты умрешь. Ни Грейс, ни Нико, ни народу этой страны.

Никому.

Его взгляд упал на свое отражение в стекле, и мелькнула мысль, что он видит там самого себя на том свете. Время, отпущенное ему судьбой на земную жизнь, стремительно заканчивается. И он это знает. Надо успеть спасти свой народ от Тренина, пока не пришла старуха с косой и не упокоила его навеки.

«Прошу тебя, господи, — прошептал он, глядя на свое отражение. — Хотя бы еще несколько месяцев».

Тиканье часов на стене стало громче, будто они начали свой неумолимый отсчет. Он смежил веки.

Боль начала стихать, и он облегченно вздохнул. Жаль,

что боль от оскорблений своего оппоненте так просто не успокоишь.

Кто-то постучал в дверь кабинета и тут же широко распахнул ее. Это могла быть только Грейс. Он приосанился как мог и повернулся к ней — малыш, крепко прижатый к ее груди, все еще вызывал у него удивление. Неужели он так никогда и не привыкнет, что у нее есть свой ребенок?

Дочь вопросительно подняла брови, которыми была похожа на свою мать.

«Так ты выяснил, кто это подбросил?», - спросила она.

Он бы сделал все на свете, чтобы защитить ее, но на этот раз он был бессилен.

«Нет».

«А как же записи видеонаблюдения с ворот охраны?».

«Пропали».

Ее глаза округлились от удивления.

«Так там же еще и охранники».

«Ну да».

«Выгнать из к черту».

«Так я и сделал».

Она начала расхаживать по комнате.

«Для Нико здесь опасно. Я заберу его с собой в Швейцарию...».

«Там некому защитить вас».

«Нас и здесь никто не защищает!».

«У меня есть план — все будет по-другому».

«Твоим людям доверия нет. Исчезнувшие записи — лишнее тому подтверждение».

«Я рассчитываю на этот раз не на своих людей».

Ему совсем не хотелось вовлекать в это дело чужака, но выбора не было.

«Это будет американец. Морской котик. Прилетает завтра днем».

«Как тебе удалось так быстро выцепить его сюда?».

Он вздернул подбородок.

«Я разработал этот план еще до того, как кто-то проник в комнату Нико. Я пригласил его сюда, чтобы он побыл твоим мужем, пока не пройдут выборы».

Она резко развернулась к нему, возмущенно сверкнув глазами:

«Чтобы он что?!».

«Ты устроила полный бардак. Внебрачный ребенок — это всегда здесь скандал».

«Нет, отец. Не здесь. А только в твоей голове».

Она махнула рукой на высокие окна и людей за ними.

«Никого там не колышет, есть у меня кольцо на пальце или нет».

Он покачал головой.

«Еще как колышет».

«Что ж, тогда им просто придется смириться с этим».

«Ты знаешь не хуже меня, что так не получится. Выборы будут проходить в такой острой борьбе, какой у нас еще не было. Когда народ узнает, что у тебя ублюдок, многие вместо меня проголосуют за этого Тренина».

Ее взгляд стал жестким.

«Никогда не называй его так».

«Именно так народ его и назовет. Вот почему тот, кто прокрался сюда, выбрал это слово. Чтобы показать нам, что он знает про Нико и про то, как это скажется на выборах».

«Выборы! Это все, что тебя волнует. Когда уже тебе все это надоест? Сколько еще ты собираешься здесь рулить?».

«Если на выборах победит Тренин, его шайка снова

захватит всю власть в России. Мои источники сообщают, что договорняк уже состоялся. У него большинство в парламенте, а те двое, кто был против, уже ушли в мир иной при загадочных обстоятельствах».

Он видел, что его слова явно возымели свое действие. Она знала, что это значит для народа. У нее был ясный политический ум, и она сама могла бы стать политиком, если бы захотела.

«Нам надо остановить его...».

«Да, Грейс. Он не должен получить абсолютную власть. Нам надо помешать ему победить на этих выборах».

«И ты думаешь, что Нико помешает тебе выиграть?».

«Нико сделает мою победу вообще невозможной. Ты слишком долго жила за границей. Здесь процветает консерватизм. По моей просьбе социологи добавили этот вопрос в свой опрос по телефону, проведенный на прошлой неделе. Шестьдесят восемь процентов из тех, кому за пятьдесят, не проголосовали бы за кандидата, у ближайших родственников которого есть внебрачные дети. Они считают это признаком моральной неустойчивости».

Он жестом предложил ей сесть, отметив про себя ее зардевшиеся щеки и то, как она заколебалась, прежде чем опуститься в кресло. Было такое ощущение, будто их разделяет толстая непробиваемая стена, которую они сами же, кирпичик за кирпичиком, и возводили между собой после смерти Элеоноры.

Сегодня этой стене рухнуть не суждено.

«Ты выйдешь замуж за этого американца. Он будет охранять тебя и ребенка и станет твоим мужем, что так остро необходимо мне сейчас».

Он взглянул на ребенка на руках у дочери.

«Договорились?».

На ее лице не дрогнул ни один мускул. Она была разумным человеком и понимала, что ее поступки влекут за собой последствия вне зависимости от ее воли.

Она примет верное решение, он был в этом почти уверен. Только одно могло бы помешать этому.

«Разве что ты выйдешь замуж за отца своего ребенка».

Она вскинула голову.

Что бы он только ни сделал, чтобы узнать, кто это такой.

«Договорились», — ответила она.

32

ЗАМУЖЕМ ЗА «МОРСКИМ КОТИКОМ» ГЛАВА 3

Выйти замуж за отца своего ребенка?

Да она бы с радостью выскочила за него замуж и помчалась бы со всех ног к алтарю, но она не знала, где он находится, да и жив ли вообще.

Грейс невольно покрепче прижала ребенка к груди, переполненные молоком груди напомнили ей о том, что малыша пора кормить. Будто уловив ее мысли, Нико зашевелился в ее руках, пытаясь поймать ртом сосок.

Ей не хотелось кормить ребенка грудью здесь, при отце. И внезапно ее охватило чувство полного одиночества. Последние несколько дней стали для нее настоящим испытанием.

Да что там несколько дней, последние несколько недель.

За те дни, что прошли после рождения Нико, она испытывала такую тоску по матери, какую раньше и представить себе не могла. Это чувство усиливалось с каждым новым встававшим перед ней вопросом — как что-то правильно сделать, как справиться с сыпью или ночным плачем сына. Ей так не хватало мудрых советов матери и ее задушевного юмора.

Но мамы рядом нет уже многие годы, и ей было до слез жаль, что ее малыш никогда не узнает тепло рук своей бабушки.

Она еще крепче прижала сына к груди. До его рождения она и понятия не имела, что способна так сильно кого-то любить, испытывать это светлое и сильное чувство материнской любви. Она была на все готова для защиты и счастья своего малыша. Что бы это ни было.

Она прищурилась.

«А этот человек, которого ты нанял, он готов притвориться моим мужем? Или ты не упомянул этот сущий пустяк?».

«Чисто технически, ему не придется притворяться. Нам нужен законный брак на случай, если СМИ что-то разнюхают. После выборов ты разведешься с ним».

Она зажмурилась.

«Это через три месяца».

«Да. Три месяца неудобств для тебя, чтобы дать народу лучшую долю».

Она хохотнула.

«Неудобств. Выйти замуж за человека, которого я и в глаза-то никогда не видела — какие, право, пустяки!».

Хотя какое это имеет значение сейчас?

Ее сердце уже разбито, надежды на будущее обратились в прах. Отца Нико никогда больше не будет в ее жизни.

«Замужество сейчас никак не отменяет того факта, что я не была замужем, когда родила ребенка».

«Мелочи жизни — всего лишь дата. Я беру это на себя».

Она кивнула и встала.

«А имя-то у него есть?».

«Маттео Круз».

«Наверное, он большой везунчик, раз готов жениться на незнакомке ради денег».

«Или готов пожертвовать собой ради общего блага, как и ты».

Раздался резкий стук в дверь кабинета. Она вздрогнула и посмотрела на отца, в глазах которого тоже застыло опасливое ожидание.

«Войдите», — сказал президент.

В кабинет вошел его советник по безопасности.

«Взорван пешеходный мост в центре города. Он рухнул».

«Есть жертвы?».

Советник выглядел усталым и испуганным.

«Кажется, счет идет на сотни».

Прочтите остальную часть книги «Замужем за «морским котиком». Купите книгу сейчас.

33

ОБ АВТОРЕ

Эми Гамет — автор бестселлеров издания USA Today, которая живет в северной части штата Нью-Йорк со своим мужем, детьми, множеством домашних питомцев и случайными приемными животными или их потомством. Она любит плавать в солнечные дни, делать украшения и дает профессиональные советы по проектам реконструкции дома. У нее огромное количество ярких футболок и черных штанов для занятий йогой, а когда она включает пылесос, ее дети всегда спрашивают, кто придет в гости.

www.amygamet.com

www.ingramcontent.com/pod-product-compliance
Ingram Content Group UK Ltd.
Pitfield, Milton Keynes, MK11 3LW, UK
UKHW021649190726
13853UKWH00001B/142